Oliver Peetz

Katzenpolka 2.0
Psychothriller

Bibliografische Information der Deutschen National-bibliothek:
Die Deutsche Nationalbibliothek verzeichnet diese Publikation in der Deutschen Nationalbibliografie; detaillierte bibliografische Daten sind im Internet über http://dnb.dnb.de abrufbar.

Illustration: **Oliver Peetz**
Lektorat: Brigitte Bund

Herstellung und Verlag: BoD – Books on Demand, Norderstedt

ISBN: 978-3-7448-9967-3

Für Gitte

Vorwort

Ihr da draußen, die ihr da seid. Ja, ihr. Ihr alle. Glaubt ihr denn nur das, was ihr seht? Und nicht das, was dennoch wahr sein könnte? Habt ihr Verstand? ... Denn wer Verstand hat, der bedenke, hier ist Wahrheit!

Wo Gutes herrscht, da findet sich immer auch das Böse. Und die Wege des Herrn sind sehr wohl gleichermaßen unergründlich wie die dunkle Seite, das Böse. Warum also sollte es abwegig sein, dass das Böse in Gestalt eines menschlichen Wesens erscheint?

Die Wahrheit ist es und nichts als die Wahrheit, dass ich, Jasper Purwind, in jener Nacht – die alles veränderte, die mich veränderte –, tatsächlich von bösen Mächten aus meinem sicher geglaubten Bett gezerrt und an die Decke gehängt worden bin. In unserem Kinderzimmer. Kopfüber, während meine Geschwister nichtsahnend schliefen und Mutter erst gar nicht im Haus war.

Verurteilt mich für mein Handeln und mein Wesen, für meine Seele und das Leid, welches ich anderen zugefügt habe. Aber bezichtigt mich nicht der Lüge. Niemals! Denn hier ist die Wahrheit, die alleinige. So trug es sich zu, als mich das Böse ergriff.

J.W.P.

Der Lebensweg des Mörders Jasper Wladimir Purwind hatte sich, im Polen der neunziger Jahre des letzten Jahrhunderts, mit dem von Jurek Dabrowski, genannt Juri, gekreuzt. Jenem jungen Mann, der als Elektronikstudent eine Kleinkamera erfunden hatte, die er am Hals seiner Katze befestigte, um herauszufinden, wohin sich sein Haustier draußen in der Natur bewegte.

Am Monitor hatte Juri gespannt die Wege der Katze verfolgt, bis sie eines Tages durch Zufall in den Keller des Hauses kletterte, in dem der Serienmörder Purwind lebte und Leichen versteckte. Durch dieses Ereignis war es schließlich zur schicksalhaften Begegnung der beiden Männer gekommen, in deren Verlauf der langjährig gesuchte Mörder durch einen entscheidenden Hinweis Juris zur Strecke gebracht werden konnte.

Die Vernehmungen des Jasper Purwind erfolgten damals in einem Hochsicherheitsgefängnis in Warschau durch den renommierten Kriminalpsychologen Dr. Raimond Saller. Dieser sollte nach der Festnahme Purwinds ein psychologisches Gutachten für die Justizbehörden erstellen. Zu den Machtspielen zwischen dem Psychologen und dem Gefangenen während der unzähligen Sitzungen hatte gehört, dass Jasper Purwind jegliches Mitschreiben oder Aufzeichnen der Schilderungen seiner Taten verbot, sondern Dr. Saller zum »Lauschen« aufforderte.

Nachdem Purwind in einem Schreiben mitgeteilt hatte, dass er keinen Groll gegen Juri hegte — obwohl dieser ihn an die Behörden ausgeliefert hatte —, wählte er in seiner Zelle den Freitod.

Kapitel 1
Die Rückkehr - Teil 1

Es war nackte Angst! Sie war von grausamer, erdrückender Wahrheit.
Juri wurde von ihr gepackt, und er spürte, wie sie kalt in ihm emporkroch. Diese Angst war eine riesige Würgeschlange, eine Anakonda. Schwer und übermächtig, mit einem muskulösen Leib, der sich um seinen Körper wand, immer enger zudrückte und ihn langsam erstickte.
Mit jedem Atemzug schnürte die Furcht ihn mehr ein. Er wollte aufstehen, wollte weg, aber er konnte nicht. Er fühlte sich, als wäre er gerade in einem Sarg erwacht, um festzustellen, dass man ihn versehentlich lebendig begraben hatte.
Juris Herz raste, überschlug sich fast. Kalter Schweiß setzte sich in Sekundenschnelle auf seiner Stirn ab, begann Tropfen zu bilden und seitlich an seinen Schläfen über die Wangen hinabzulaufen.
Er war zurück. Kein Zweifel. Über zwanzig Jahre später. Über zwanzig Jahre, nachdem er ihm die letzte Ehre erwiesen und ihn zu Grabe getragen hatte. Gemeinsam mit dem Priester.
Jasper Wladimir Purwind war wieder da! Hier in Juris Wohnzimmer. Nachts. Im Dunkeln.
Panik durchzog seinen Körper, biss sich in seinem Kopf fest, hinderte ihn, sich zu bewegen, zu entkommen. Diese verstörende Angst hatte über die ganzen Jahre hinweg tief in seinem Inneren gebro-

9

delt, sie war unterschwellig immer dagewesen. Allgegenwärtig hatte sie in den Tiefen seines Unterbewusstseins rumort und wurde nun an die Oberfläche geschleudert. Wie bei einem Vulkanausbruch, außer dass keine Lava und keine heiße Asche ausgespien wurden, sondern nacktes Entsetzen.

Das kalte Grauen, das er jetzt verspürte, hatte die gleiche Intensität wie damals. Vor so langer Zeit, als ihm bewusstgeworden war, wer ihm da in seiner Wohnung gegenübersaß. Im weit entfernten Polen. Seiner alten Heimat.

Kein Herr Nowak, wie er sich damals genannt hatte. Nein!

Es war der psychopatische, kranke Serienmörder Jasper Purwind gewesen. Das Böse selbst.

Plötzlich, wie aus heiterem Himmel, war er jetzt hier bei Juri zu Hause, in seinen vier Wänden, in Kalifornien.

Ihm wurde übel, sein Magen drehte sich, und er zitterte, als Jasper zu sprechen begann. Kein Zweifel. Er erkannte diese Stimme sofort wieder.

Er sah die finsteren Augen vor sich, sah das selbstgefällige, kalte Grinsen.

Juris Gedanken überschlugen sich, und dass die Angst ihm die Luft zum Atmen nahm, erzeugte zusätzliche Panik. Es gab kein Entkommen.

Er krallte die Finger in die Lehnen seines Sessels, dachte an Flucht, an Verteidigung und an seinen Revolver, der in seinem Nachtschrank lag. Jetzt war er der Gefangene, unfähig sich zu rühren, sich diesem Szenario zu entziehen. Er musste zuhören, was Jasper zu sagen hatte.

»... Also lauschen Sie ...«

Juri widersetzte sich nicht. Er blieb wie gelähmt in seinem Sessel sitzen und lauschte.

»... Von der Kleinen aus der Nachbarschaft wollte ich ja noch erzählen. Wie hieß die noch gleich? Ich komme nicht drauf. Aber ich erinnere mich noch, dass sie im Sommer, als ich sie zum ersten Mal sah, eine rote Frotteehose trug. Es war eigentlich keine Hose, eher ein Schlüpfer, eine Unterhose. Weil es ja heiß war in diesem Sommer. Ich bekam so eine merkwürdige Explosion im Kopf, da flog Konfetti und Glitzer hinter meinen Augen.

Sie stand also im roten Frottee vor der großen Gärtnerei, an der ich nach der Schule immer vorbeikam.

Da waren solche Wassersprinkler eingeschaltet, um die ganzen Pflanzen zu wässern. Sie stand darunter, ließ sich nassregnen und drehte sich dabei im Kreis. Sie hatte ihren Kopf in den Nacken gelegt und die Arme ausgebreitet. Ich wusste nicht, woran es lag, aber ich blieb am Zaun stehen und war fasziniert. Ja, das könnte man sagen. Fasziniert.

Irgendwann bemerkte sie mich, hörte auf, sich unter dem Wasser zu drehen und sah zu mir herüber. In ihrem roten Frotteeschlüpfer und dem weißen Shirt, das blonde Haar hing ihr nass auf die Schultern herab. Die Sonne brannte vom Himmel, es war

Ende Juli, Hochsommer und bestimmt vierzig Grad draußen. Es war um die Mittagszeit, und da ich bewegungslos in der Sonne stand, wurde es ganz furchtbar heiß. Vor allem auf meinem Kopf und auch in meinem Kopf.

Wir standen uns eine ganze Weile nur so gegenüber. Ich sah zu ihr und sie zu mir. Ich wusste nicht, was sie dachte oder was ich dachte. Ich wusste nur, dass sie mich in ihren Bann zog und dass mir heiß war. So heiß, dass ich schon anfing, an etwas zu trinken zu denken, an Limonade. Aber ich konzentrierte mich schnell und richtete meine Gedanken wieder auf das Mädchen.

Irgendwann entschloss sich die Kleine mir zuzuwinken, obwohl sie mich doch gar nicht kannte. Sie lächelte beim Winken, und mein Herz wäre vor Freude fast explodiert. Das war so ein ungewöhnliches, so ein tolles Gefühl. Das Mädchen ging mir nicht mehr aus dem Kopf. Gar nicht mehr.

Danach drehte sie sich weiter im Kreis, und ich, ich stand da und starrte sie weiter an, als hätte ich einen Geist gesehen. Oder einen Engel. Ja, eher einen Engel. Schon wegen der blonden Haare. Dann spürte ich die Hitze wieder auf meinem Kopf und auch das Verlangen nach Limonade.

Mein Mund war völlig ausgetrocknet, und alles in mir fühlte sich taub an.

Ich machte mich auf den Weg nach Hause. Unterwegs vermischten sich meine Gedanken und Bilder im Kopf ganz seltsam miteinander. Erst sah ich das

12

Mädchen vor mir, dann etwas zu trinken. Danach wieder die Kleine, wie sie mir ein Getränk reichte. Dann drehte sie sich erneut unter dem Wassersprinkler, aber es kam kein Wasser heraus, sondern Limonade. Daraufhin wurde das Mädchen zu Limonade, und ich stand unter dem Sprinkler. Das war schon sehr komisch.

Auf einmal befand ich mich bei uns zu Hause vor der Tür, ohne dass ich etwas vom Weg mitbekommen hatte.

Ich lief nach hinten in die Waschküche, um Wasser zu trinken. Aus der Leitung.

Dort gab es einen Wasseranschluss, der aus der Wand kam. Kein richtiger Hahn. Eher so ein Stutzen mit einem Rad zum Öffnen und Schließen. Den drehte ich auf, beugte mich darunter und trank. Trank sehr viel. Ich hatte solch einen Durst, und wir hatten sowieso nie etwas anderes zu trinken im Haus. Außer Mutters Wodka, aber der wäre mir sicherlich nicht bekommen, ich war erst zwölf Jahre alt.

Anschließend ging ich in mein Zimmer, legte mich auf mein Bett und dachte nur an dieses Mädchen von der Gärtnerei. Ich stellte mir vor, wie wir beide gemeinsam von hier weggehen würden. Weg von alldem, was mich wütend machte.

In meiner Fantasie lebten wir zusammen, irgendwo draußen im Wald. Ich würde ein kleines Haus aus Holz bauen, aus Ästen und Baumstämmen. Dann ginge ich jagen, während sie zu Hause auf mich wartete und für uns zwei kochte. Wir würden uns lieben und glücklich sein. Niemand würde uns stören, so ganz allein da draußen.

Und ich stellte mir vor, dass sie Angst hätte im Wald, nachts. Aber ich würde sie beschützen und in den Arm nehmen. Dann sähe sie mich mit diesen großen, wunderschönen Augen an und würde spüren, dass ihr bei mir nichts passieren könnte. Ich war zwölf, aber ich hätte sie beschützt. Oh ja, das hätte ich!

Jedenfalls ging ich von dem Tag an immer an der Gärtnerei vorbei und hoffte, das Mädchen wiederzusehen, aber sie war eine ganze Weile nicht da. Oft kletterte ich an der Rückseite des Gärtnereigeländes auf den Zaun, in der Hoffnung, sie von weiter oben zu entdecken.

Irgendwann sah ich einen Mann auf dem Grundstück herumlaufen. Er hatte grüne Gummistiefel an und einen verwaschenen, blauen Arbeitsanzug. Einen Overall. Die Hosenbeine waren so weit hochgekrempelt, dass man über den Stiefeln die nackten Beine sehen konnte. Das sah total dämlich aus, und ich dachte: ›Wenn dir schon so warm ist, warum läufst du dann in Gummistiefeln rum?‹ Da verlor ich schon den Respekt vor ihm, obwohl er erwachsen war. Er war ein Blödmann, das war mir sofort klar.

Ich blieb dicht am Zaun stehen und beobachtete ihn eine Weile. Er arbeitete scheinbar für die Gärtnerei, denn er schleppte schwere Kübel hin und her und buddelte mit einer Schaufel Pflanzen aus. Ich fragte

14

mich, ob er den Wassersprinkler auch für Abküh-
lungen nutzte. So wie die Kleine. Dann entdeckte er
mich, dieser alberne Blaumann, und starrte die ganze Zeit zu mir herüber. Ich hatte vor, mich nach dem
Mädchen zu erkundigen, aber ich wollte meine Frage nicht laut rufen, damit nicht auch noch jemand
anderes es mitbekam. Also musste ich zu ihm. Da
ich dort auf der Rückseite des Grundstücks nir-
gendwo eine Pforte oder einen Eingang sah, machte
ich mich daran, am Zaun hochzuklettern ...«

Juri saß nur da, wie versteinert, konnte nicht zuordnen, was sich gerade abspielte. Er nickte leicht,
schüttelte sich. Ein Reflex. Ein Schaudern.
Jasper sprach weiter.

»... Das gefiel dem Kerl wohl nicht, denn er machte
sofort einen Schritt in meine Richtung. Ich sah ihm
ins Gesicht und erkannte, dass er wütend war. Ich
fragte mich warum und spürte gleichzeitig, wie die
Wut in mir selbst hochstieg. Richtig große Wut. Ich
bekam wieder so einen Krampf im Kinn, und ich fing
an, mit den Zähnen zu knirschen. Ich wollte ihn
doch nur fragen, wo ich das Mädchen mit der roten
Frotteehose finden könnte.
Aber er war wieder stehengeblieben, fing an, mit
den Armen zu fuchteln und komische Geräusche
von sich zu geben. Was für ein Idiot!
Jetzt fühlte ich mich von dem Mann verarscht. Warum kam er nicht zu mir an den Zaun, damit ich mit

ihm sprechen konnte? Ich war so wütend, während ich am Zaun hochkletterte, dass mir schon schlecht wurde.

Als ich mich an den Holzlatten festhielt, dachte ich: ›Wenn ich jetzt eines von diesen Hölzern abbekäme, dann würde ich es ihm mit voller Wucht in die Fresse schlagen. Diesem bescheuerten Idioten, mit seinen bescheuerten Gummistiefeln!‹

Ich krallte meine Hände richtig ins Holz und zog an den Latten, aber sie waren zu fest angenagelt. Anstatt ein Brett in die Finger zu bekommen, bekam ich einen Holzsplitter in den Finger. Aber nicht einfach nur so in die Haut. Nein!

Das kleine Drecksding von Splitter bohrte sich komplett unter den Nagel meines Zeigefingers. Bevor der Schmerz richtig loslegte, fing der Blaumann an, auf mich zuzulaufen. Ich saß jetzt oben auf dem Zaun und kochte vor Wut, weil er sich ja vorher nicht zu mir hatte herüberbequemen wollen.

Der stechende Schmerz im Finger machte mich zusätzlich rasend, sodass ich innerlich explodierte. Vor meinem geistigen Auge sah ich mich an den Hals des Mannes springen und ihm die Kehle rausbeißen. Das hätte meinen Schmerz sofort gelindert. Ganz sicher.

Der Kerl war augenblicklich bei mir, packte mich am Arm und riss mich fast vom Zaun.

Er schüttelte mich und hörte nicht auf, an meinem Arm zu ziehen. Ich starrte ihn an, vergaß das Mädchen völlig und auch, warum ich eigentlich hier war.

16

Ich brüllte ihn an: ›Ich schlag dir mit einer Holzlatte den Schädel ein, bis deine Augen rauskommen, du bescheuerter Idiot. Ich beiß dir die Kehle aus deinem fetten Hals und fresse sie auf. Und außerdem hab ich einen Splitter im Finger. Das tut verdammt weh!‹

Er musste meine Wut gesehen haben. In meinen schwarzen Augen. In meinem Gesicht.

Er wurde kreidebleich, ließ meinen Arm los und stand nur da, mit offenem Mund.

Ich hing noch halb auf dem Zaun, sodass ich mit ihm auf gleicher Höhe war und ihn weiterhin anstarren konnte.

Meine Wut ließ überhaupt nicht nach, meine Zähne taten weh, und mein Zeigefinger schmerzte, aber ich hielt durch, bis er wegsah und gehen wollte. Er drehte sich um und wollte einfach gehen!

Ich war aber noch nicht fertig mit ihm. Meine Wut war noch da, und das signalisierte ich ihm auch ganz deutlich.

Er wandte sich wieder zu mir um mit seinem fetten Hals, und dann hätten Sie sein Gesicht sehen sollen. Er hatte Angst! Ich konnte sie sehen und riechen.

Er war völlig irritiert, weil er wohl dachte, er hätte die Situation im Griff und wäre mir überlegen. Aber er hatte gar nichts im Griff. Nicht seine Angst. Nicht sein Gesicht. Nicht die Situation. Gar nichts!

Er hatte nur Schiss. Die Hosen gestrichen voll. Ich spürte mein Herz schlagen. Heftig. Auch unter dem Fingernagel.

Er stand da, mit offenem Mund und bekam vor Entsetzen keinen Ton heraus.

Plötzlich war da wieder dieses herrliche Gefühl. Das gleiche Gefühl, welches ich verspürt hatte, als ich die Nächte draußen verbrachte. Im Wald. Und ich dort erkannte, dass die Tiere vor mir Angst hatten und nicht ich vor ihnen. Dieses Gefühl von Erhabenheit. Von Macht. Es berauschte mich, und die Wut ließ nach.

Ich ließ den Mann dort stehen, stieg vom Zaun herunter und ging nach Hause. Unterwegs besah ich mir meinen Zeigefinger. Der Splitter reichte über die gesamte Länge des Nagels und zeichnete sich dunkel im Nagelbett ab. Etwas Blut tropfte unter dem Fingernagel hervor.

Ich steckte ihn mir in den Mund und begann den Nagel vorsichtig mit den Zähnen abzukauen. So lange und so weit, bis ich den Holzsplitter mit der Zunge spürte. Dann nahm ich das kleine Stück zwischen die Zähne und zog es mit einem Ruck heraus. Ich spuckte den Splitter aus, und die Sache war erledigt. Nur mein Herz spürte ich noch eine Weile unter dem Nagel schlagen.

Auf einmal fiel mir wieder ein, warum ich überhaupt dort gewesen war, bei dieser Gärtnerei. Wegen des Mädchens!

Mir war schon klar, dass es etwas Großes, etwas Bedeutendes auf sich hatte mit dieser Kleinen, aber das musste jetzt erst einmal warten und nach hinten geschoben werden in meinem Kopf. Denn ich war ja noch nicht fertig mit diesem Mann. Ich rätselte auch, ob er vielleicht der Besitzer der Gärtnerei war und nicht bloß ein Arbeiter.

Später stellte sich heraus, dass es der Vater des Mädchens war. Das wusste ich zu dem Zeitpunkt noch nicht. Aber es hätte auch nichts geändert.

Mein Entschluss stand schon längst fest. Denn wenn erst einmal jemand diesen Zorn in mir ausgelöst hatte, stand derjenige auf meiner Liste, unwiderruflich.

Ich musste dann ständig an diese Person denken. Ob nun in der Schule oder zu Hause oder sonst wo. Sie ging mir nicht mehr aus dem Kopf. In so einem Fall wurden die Dämonen wach, unten in meinem Keller, und ich ließ sie heraus.

So hatte ich in den nächsten Tagen immer wieder diesen Typen vor Augen. Das machte mich wütend.

Ich lag auf meinem Bett und konnte nicht ungestört an das Mädchen denken.

Immer wenn ich mir ausmalen wollte, wie wir zwei zusammenleben würden, kam mir das Gesicht von dem Kerl mit dem fetten Hals dazwischen. Da reichte es mir!

Mutter war nicht da oder sie schlief, weil sie wieder voll war. Wie auch immer.

Ich ging in die Küche, machte die Schubladen auf und suchte nach etwas Geeignetem. Zu dem Zeitpunkt wusste ich schon, dass ich kein Messer nehmen würde. Ich wusste nicht warum. Vielleicht, weil ein Messer meiner Wut nicht gerecht wurde.

In den Schubladen war keine Ordnung. In den Fächern lag alles durcheinander, Löffel, Gabeln, Messer, kleine leere Flaschen aus weißem Glas, schmutzige Lappen und Küchentücher. Alles, was man in der Küche so brauchte. Außerdem jede Menge Briefe und Umschläge.

Einige Umschläge waren noch verschlossen und lagen da schon sehr lange. Das konnte ich am Poststempel erkennen.

Ich sah mir ein paar von den geöffneten Briefen an. Es stand fast immer das Gleiche darin, dass irgendwas bezahlt werden müsste, dass es die letzte Mahnung wäre, wieder und wieder ging es ums Bezahlen ... und wenn die Rechnung nicht beglichen würde ... und so weiter.

Ich wunderte mich, dass wir scheinbar so viel bezahlen mussten. Da stand nicht ein einziges Mal ›Sie müssen nichts bezahlen‹ oder ›Wir werden Ihnen etwas auszahlen‹.

Oder auch nichts davon, dass mal jemand anderer löhnen sollte. Nur wir?

Na ja, ich war zwölf Jahre alt.

Das Gesicht vom Gummistiefel-Mann stieg wieder vor mir auf, ich legte die Post zurück und suchte weiter nach etwas Passendem. Und fand es.

Ich wusste damals nicht, wofür man so einen Holzhammer verwendete. Ein rechteckiger, auf einem Stiel aufgesetzter Holzklotz, die untere sowie die obere Seitenfläche mit unterschiedlich geformtem Metall beschlagen.

Heute weiß ich, wofür man so einen Holzhammer benutzt.

Man klopft Fleisch damit. War dann ja auch irgendwie passend ...«

Juri sah erneut Jaspers Grinsen vor sich. Seine dunklen Augen. Das gleiche Grinsen und der gleiche Blick wie damals, als er ihm bei einer Tasse Tee gegenübergesessen hatte.

Er musste schlucken, und ein Schauer lief ihm über den Rücken, als er daran zurückdachte. Er schloss seine Augen, nur kurz, öffnete sie wieder und hörte weiter zu.

»... Ich nahm mir den Hammer und steckte ihn in eine Tüte. In eine Plastiktüte. Ich wickelte ihn so darin ein, dass ich ihn am Stiel greifen konnte, man aber nicht erkannte, was ich da bei mir trug.

Anschließend fuhr ich mit dem Rad zu der Gärtnerei. Die war gar nicht so weit von unserem Zuhause entfernt und mit dem Rad in etwa zwei Minuten zu erreichen. Unterwegs sah ich mich unauffällig um, aber die Personen, die mir begegneten, nahmen so gut wie keine Notiz von mir.

Oder würden Sie einem zwölfjährigen Jungen auf einem Fahrrad Beachtung schenken, wenn er an Ihnen vorbeiradelt? Oder sich an ihn erinnern, wenn man Sie Tage später nach etwas Auffälligem oder Verdächtigem befragt?

Es müsste so gegen vier, halb fünf Uhr gewesen sein, als ich bei der Gärtnerei ankam. Ich wurde langsamer und fuhr an dem Gelände vorbei. Ich sah nur aus den Augenwinkeln zu dem Grundstück und dem dahinterliegenden Gebäude hinüber. Damit ich nicht auffiel. Beim ersten Mal war niemand zu sehen. Also drehte ich ein paar Runden und fuhr immer mal wieder an der Gärtnerei vorbei. In aller Ruhe. Ich hatte keine Eile. Ich war mir sicher, dass es an diesem Tag passieren würde, und das gab mir ein beruhigendes Gefühl. Es wartete ja ohnehin niemand und nichts anderes auf mich.

Irgendwann, ich hatte keine Ahnung, wie lange ich schon umhergeradelt war, sah ich den Blödmann aus der Eingangstür des Hauses kommen. Nur ganz kurz. Im Vorbeifahren. Das Gebäude der Gärtnerei lag etwas zurückgesetzt und war von dichten Bäumen umgeben. Von der Straße führte ein langer Schotterweg auf das Grundstück, und man hatte im Vorbeifahren nur einen sehr kurzen Blick auf die Vorderseite des Hauses. Ich bremste mein Rad, drehte auf der Straße um, schaute noch mal kurz, ob mich jemand beobachtete und bog dann in den Schotterweg ein. Da war er! Der Idiot stand mit dem Rücken zu mir am Ende des Weges an einem Auto. Es schien, als würde er etwas in den Kofferraum laden oder etwas herausnehmen, er beugte sich jedenfalls tief hinein.

Ich spürte diesen unbändigen Zorn wieder in mir

aufkommen. Nichts oder niemand hätte mich jetzt aufhalten können.

In dem Moment, als ich in die Einfahrt fuhr, gab der Schotter unter den Reifen meines Rades einen riesigen Lärm ab. Es knisterte und rappelte so laut, dass ich heftig erschrak. Ich befürchtete, der Mann würde das hören, sich zu mir umdrehen und mich somit entdecken. Aber nichts dergleichen passierte. Er hing nach wie vor kopfüber in seinem Auto und bemerkte mich nicht.

Noch zehn Meter.

Er war immer noch am Kofferraum beschäftigt. Ich fuhr langsam weiter. Der verdammte Schotter war nicht gerade auf meiner Seite, aber ich ließ den Kerl jetzt nicht mehr aus den Augen. Wenn er sich jetzt umdrehen würde, dann wäre es auch egal.

Drei Meter. Ich war fast da.

Er bekam einfach nicht mit, dass ich auf ihn zufuhr.

Ein kurzer Blick zum Haus. Nichts.

Ich war bei ihm.

Einen Meter hinter ihm, auf dem Weg.

Ich legte mein Fahrrad ganz langsam auf die Seite und beobachtete ihn gleichzeitig. Es kam mir vor wie eine Ewigkeit, dabei waren es höchstens nur ein paar Sekunden. Zeit war für mich relativ in solch einer Situation, kurz bevor ich jemanden tötete. Ich hatte dann keinen Sinn für Zeit. Kein Empfinden für Minuten oder Sekunden. Ich hielt den Hammer in meiner erhobenen Hand. Eingewickelt in diese Plastiktüte. Ich ging noch einen kleinen, leisen Schritt näher an den Mann heran und tickte ihm von hinten auf die Schulter.

Er erschrak sich so sehr, dass er beim Herumdrehen mit dem Kopf unter die Heckklappe knallte. Da musste ich fast laut loslachen. Aber nur fast, denn als ich ihm ins Gesicht sah, war meine Wut sofort wieder da.

Er war viel zu überrascht und auch zu langsam, als dass er dem Schlag hätte ausweichen können.

Ich schlug ihm den Hammer mit voller Wucht ins Gesicht. Bamm! Was für ein Gefühl. Da war sofort irgendetwas zerschmettert. Wahrscheinlich die Nase. Er fiel dann ganz unglücklich halb in den Kofferraum des Autos. Also unglücklich für ihn. Für mich war es Glück. Er war noch bei Bewusstsein und ich noch nicht fertig mit ihm.

In dieser Position hatte er keine Chance. Der Idiot versuchte zwar, sich aus dieser blöden Haltung zu befreien und aus dem Kofferraum herauszukommen, aber er schaffte es nicht. Wahrscheinlich hätte er es nicht mal geschafft, wenn ich nicht weiter auf ihn eingeprügelt hätte.

Ich stand an der Stelle, direkt vor dem Kofferraum, sehr günstig, denn ich hatte von dort aus auch das Haus im Auge. So konnte ich in dieser Situation zwei Fliegen mit einer Klappe schlagen, wie man so schön sagt. Zum einen beobachtete ich, ob aus dem Haus jemand auftauchte, und gleichzeitig wartete ich darauf, dass der Kerl mit dem Kopf so weit hochkam, dass ich ihm den Hammer erneut in seine

Visage hauen konnte.

Da mir in so einer Situation ja das Zeitgefühl verlorenging, fing ich einfach an zu zählen. Eins, zwei, drei ... ganz in Ruhe. Mein Blick ging immer abwechselnd hoch zum Haus und runter zum Kofferraum. Bei fünf hatte er sich soweit hochgekämpft, dass sich sein Kopf wieder in einer angemessenen Position befand. Er blutete stark, und die rote Suppe tropfte auf sein weißes Hemd.

Bei den Radrennfahrern, während der Tour de France, gibt es auch so ein weißes Hemd mit roten Punkten. Ich glaube, für die Bergwertung am Ende einer Steigung, wissen Sie?

Jedenfalls holte ich erneut Schwung und ließ den Hammer seitlich voll gegen den Schädel des Mannes krachen. Er fiel auf die Seite und gab ein merkwürdiges Röcheln von sich. Ich musste an meine Mutter denken. Die röchelte genauso, wenn sie sich übergeben musste.

Während sein Oberkörper nun komplett im Kofferraum lag, hingen seine Beine noch über die Ladekante. Ich hob sie hinein, drückte und schob angestrengt, bis der ganze Körper verstaut war. Abschließend schlug ich nochmal mit dem Hammer auf seinen Schädel. Und nochmal und nochmal und nochmal. Sein Auge platzte auf, die Nase flog weg, und ich sah kurz das Weiß des Knochens, bevor das Blut alles wieder rot werden ließ. Als ich die Stirn mehrmals traf, da sah ich sogar etwas weiches Graues hervorkommen. Der Typ verlor ein paar seiner Zähne. Sie kullerten wie Murmeln aus seinem Mund in den Kofferraum.

Ich überlegte erst, ob ich mir einen als Andenken mitnehmen sollte. Ich ließ es dann aber doch. So ein Zahn hätte mich vielleicht verraten. Es war also richtig, die Dinger dazulassen, wo er sie verloren hatte.

Dann zog ich einfach die Heckklappe herunter und verschloss sie leise.

Anschließend schnappte ich mir mein Rad, klemmte die blutige Tüte mit dem Hammer darin auf den Gepäckträger und fuhr ganz langsam und entspannt den Schotterweg hinunter.

Sie sehen blass aus. Möchten Sie, dass ich aufhöre zu berichten? Wollen wir eine Pause machen? ...«

Juri fühlte sich irgendwie ertappt, und er war irritiert. *Pause?*

Aber es gab keine Pause, und so lauschte er weiter den grausamen Ausführungen Jaspers.

»... Gut. Ich radelte anschließend zu unserem Bach, holte den Hammer aus der Tüte und warf diese ins Wasser. Ich sah ihr noch hinterher, wie sie davonschwamm. Dann zog ich mir Schuhe und Strümpfe aus und stieg mit dem Hammer in der Hand in den Bach. Ziemlich in der Mitte, an einer tiefen Stelle, drückte ich den Hammer mit dem Stiel voran in den

26

Bachgrund. So tief es ging. Und darauf legte ich dann einen Stein. Fertig! Ach ja, das Gesicht wusch ich mir auch noch, weil ich gespürt hatte, dass mir bei der Aktion Blut ins Gesicht gespritzt war. Danach fuhr ich nach Hause. Ganz normal.

In der nächsten Zeit mied ich die Umgebung rund um die Gärtnerei erst einmal.

Ein paar Tage später, ich war gerade von der Schule nach Hause gekommen, hantierte meine Mutter in der Küche und erzählte mir, dass man den Besitzer der Gärtnerei tot aufgefunden hätte und dass dort etwas ganz Furchtbares passiert wäre.

Sie stand am Herd und rührte in einem Topf. Ich hatte keine Ahnung, was genau sie da machte, nach Kochen sah es nicht aus.

Ich merkte jedenfalls, dass die Geschichte sie nicht in dem Umfang mitnahm oder schockierte, wie man es eigentlich erwarten würde. Sie hatte mit sich selbst und ihren eigenen Sorgen zu kämpfen, sodass alles, was außerhalb passierte, sie nicht mehr richtig interessierte. Es lag wohl aber auch daran, dass sie nie richtig nüchtern war.

Wenn man ständig voll ist, geht einem alles am Arsch vorbei. Die Penner auf der Straße sind doch auch immer betrunken, damit sie das Leben überhaupt ertragen können. Ist dann wohl einfacher, oder was meinen Sie?

Aber der Höhepunkt der Ausführungen meiner Mutter kam erst noch. Angetrunken in dem Topf rührend, redete sie weiter: ›Der arme Mann, er war doch taub. Er konnte nichts hören. Wahrscheinlich wurde ihm das zum Verhängnis.‹

Mich traf fast der Schlag, das musste ich erstmal sortieren.

Ich drehte mich um und wollte nach oben in mein Zimmer gehen. Es kreisten tausende von Gedanken in meinem Kopf, ich musste die Geschichte unbedingt nochmal in Ruhe durchspielen. Aber meine Mutter hielt mich zurück: ›Lauf nicht weg, ich wollte dir noch sagen, dass wir zu seiner Beerdigung müssen. Morgen. Du gehst dann nicht zur Schule.‹

Die Aussage gefiel mir. Einen Tag nicht zur Schule. Ich bekam eine Belohnung?

Ich konnte mir zwar nicht vorstellen, warum ausgerechnet wir zur Beerdigung dieses Mannes gehen sollten, aber ich wollte jetzt so schnell wie möglich in mein Zimmer, und deswegen sagte ich zu.

Danach rannte ich eilig nach oben, versuchte zur Ruhe zu kommen und dachte darüber nach, wie die Geschehnisse bei der Gärtnerei abgelaufen waren.

Mit einem Mal wurde mir klar, wie das ganze Drama entstanden war. Der Besitzer der Gärtnerei war taub gewesen, er hätte gar nicht verstehen können, dass ich die Kleine suchte. Und aus diesem Grund hatte er mich auch nicht gehört, als ich hinter ihm den Schotterweg hochkam. Jetzt erklärte sich auch sein Gesichtsausdruck und dass er sich so sehr erschrocken hatte, dass er sich den Kopf an der Heckklappe stieß. Alles ergab jetzt einen Sinn. Dass er vielleicht wegen seines Hörschadens hatte sterben müssen, daran dachte ich nicht. Dafür konnte ich ja nichts.

Ich ging dann an dem Tag früh zu Bett. Mutter sah ich nicht mehr, aber ich hörte sie. Sie war unten mit irgendetwas sehr beschäftigt, denn es polterte permanent, und Schranktüren gingen laut auf und zu. Ich zog mir die Decke über den Kopf und dachte an das Mädchen von der Gärtnerei.

Das funktionierte jetzt wieder, weil in meinem Kopf dieser Typ nicht mehr auftauchte und ich kein Wutgefühl mehr verspürte.

Ich stellte mir unsere Hochzeit vor.

Bei uns war mal eine Kutsche mit einem Brautpaar darin durch die Straßen gefahren, und ich hatte sie zufällig entdeckt. Das war zu dem Zeitpunkt schon ein paar Jahre her, da war ich sechs oder sieben gewesen. Etwa zu der Zeit, als mir in jener besonderen Nacht dieses eigenartige Erlebnis widerfahren war.

Da ich an dem Tag mit dem Fahrrad unterwegs gewesen war, hatte ich spontan beschlossen, der Kutsche hinterherzufahren. Ich hatte richtig kräftig strampeln müssen, um hinterherzukommen.

Am Straßenrand hatten überall winkende und klatschende Leute gestanden, und ich dachte, sie würden wegen mir klatschen. Das war ein so tolles Gefühl gewesen, dass ich einfach immer weiter mitradelte. Irgendwann hatte die Kutsche dann vor einer Kirche angehalten, und ich war vom Rad gefallen und ohnmächtig geworden. Als ich wieder zu mir gekommen war, sah ich, dass das Brautpaar und viele Hochzeitsgäste um mich herumstanden und sich besorgt um mich kümmerten. Nachdem ich etwas zu trinken und Traubenzucker bekommen hatte, nahmen sie mich mit in die Kirche, und ich durfte von der hinteren Bank aus bei der Trauung zusehen. Die Erklärung für meinen Kollaps war, dass sich diese Kirche im Nachbarort befunden hatte und wir mehrere Kilometer weit gefahren waren, ohne dass ich es gemerkt hatte. So sehr war ich unterwegs von den winkenden und rufenden Zuschauern gebannt gewesen.

Es war das erste Mal, dass ich eine richtige Hochzeit miterlebt hatte, und deshalb stellte ich mir nun, in meiner Fantasie, meine Hochzeit mit dem Mädchen genauso vor. Mit einer Kutsche, Blumenkindern vor der Kirche, und einem Ring, den ich meiner Braut an den Finger steckte, nachdem sie ›Ja, ich will‹ gesagt und mich geküsst hatte.

Verrückte Geschichte, finden Sie nicht auch? ...«

Juri ignorierte die Fragen, die Jasper hin und wieder einfließen ließ. Er nahm sie wahr, aber sie waren ihm gleichgültig. Er saß nur da, paralysiert von den grausigen Ausführungen und von dieser allesdurchdringenden Stimme. Jener Stimme, die ihm damals zu Hause in Warschau schon solche Angst eingeflößt hatte.

»… In dieser Nacht vor der Beerdigung wurde ich durch irgendwelche Geräusche geweckt. Ich befürchtete, dass es Mutter nicht gut ginge, denn sie hatte nachts des Öfteren ein Problem. Also, ein spezielles. Ihr ging der Alkohol aus.

Als ich nach ihr schaute, saß sie im Wohnzimmer auf dem Fußboden, um sie herum lagen hunderte von Briefen und Papieren, und sämtliche Schranktüren und Schubladen standen offen. Sie war eigenartig abwesend, so wie im Delirium. Sie stammelte wirres Zeug und nahm mich gar nicht richtig wahr. Betrunken war sie aber nicht, das hätte ich gemerkt, denn das kannte ich ja gut. Irgendwie war ihr Zustand jetzt anders. Sie weinte und lachte gleichzeitig und suchte nach irgendeinem Schreiben zwischen dem ganzen Kram. Ich wusste nicht, was mit ihr los war. Ich wollte sie so nicht sehen und auch von ihren Problemen nichts hören. Für solche Schwierigkeiten nicht bereit, ließ ich sie mit all den Rechnungen und Briefen allein zurück.

Am nächsten Tag war sie nicht ansprechbar. Sie lag auf dem Boden im Wohnzimmer und schlief oder war ohnmächtig oder beides. Da tat sie mir wieder so leid, dass ich eine Decke und ein Kissen holte und es ihr bequem machte. Danach kämmte ich mir die Haare und fuhr mit dem Fahrrad zum Friedhof. Ich hatte mit Mutter zwar nicht weiter über diese Beerdigung gesprochen, aber unser Ort war ziemlich klein, und wo der Friedhof lag, wusste ich. Als ich dort ankam, wurde der Sarg gerade aus der Kapelle getragen. Ich war irgendwie froh, dass meine Mutter zu Hause geblieben war, sonst wären wir noch später angekommen. Wahrscheinlich zu spät.

Ich lehnte dann schnell mein Rad an die Friedhofsmauer und schloss mich den Personen an, die hinter dem Sarg hergingen. Ich war ganz aufgeregt und neugierig, denn ich war vorher noch nie auf einer Beerdigung gewesen.

Und jetzt raten Sie mal, wen ich dort noch entdeckte? Na? Da kommen Sie nie drauf. Aber immer der Reihe nach.

Ich blieb ganz hinten am Ende des Trauermarsches. Dabei beobachtete ich unauffällig die Leute um mich herum, damit ich alles richtig machte und mich so verhielt wie die anderen. Den Kopf gesenkt, die Hände gefaltet, und ich schniefte und schluchzte auch einige Male. Das machte man wohl so auf einer Beerdigung. Als wir am ausgehobenen Grab ankamen, blieben alle stehen und bildeten einen Halbkreis. Das erinnerte mich an den Schulunterricht, wir mussten uns auch immer in solch einem Halbkreis aufstellen, wenn der Lehrer uns etwas zeigen wollte, einen Frosch zum Beispiel.

Dann wurden lange Reden gehalten. Das fand ich langweilig, und deshalb fing ich an, mir die anwesenden Personen genauer anzusehen.

Jetzt kommen wir wieder zu meiner Frage. Wen entdeckte ich dort zwischen den Trauernden? Wissen Sie es?

Das Mädchen!

Zuerst verstand ich gar nicht, warum sie auf dem Friedhof auftauchte. Vielleicht, weil das Unglück auf dem Grundstück der Gärtnerei passiert war. Aber dann begriff ich es. Das war ihr Vater! Der Idiot war ihr Vater gewesen, und jetzt wurde ich mir wegen der erträumten Hochzeit unsicher. Wenn die Kleine nur taub wäre, könnte ich damit leben, aber was, wenn sie auch so eine bescheuerte Art hätte? Ich starrte dann die ganze Zeit nur noch zu ihr herüber und bekam gar nicht mit, wie der Sarg in die Erde gelassen wurde. Die Beerdigung war ja schon interessant, aber dieses Mädchen ließ mich nicht los. Im Anschluss wurde es unruhig, einige Trauergäste gingen schon, während andere noch Blumen oder Sand auf den Sarg warfen. Jetzt war ich an der Reihe, und als ich vor dem Behälter mit der Schaufel und dem Sand stand, bemerkte sie mich. Sie konnte erst nicht einordnen, wer ich war, aber dann musste es ihr eingefallen sein, denn sie lächelte mich kurz an. Während ich den Sand auf den Sarg schaufelte, konnte ich sie aus nächster Nähe ansehen und wollte die Hochzeitspläne dann doch noch nicht aufgeben.

Leider musste ich irgendwann wieder aufhören zu schaufeln, damit die anderen Gäste auch noch an das Grab treten konnten. Schweren Herzens verließ ich den Friedhof.

Jetzt hatte ich erst recht einen Grund, sie kennenzulernen. Sie tat mir leid wegen ihres toten Vaters. Außerdem musste sie doch jemand trösten in dieser schweren Zeit. Durch diese Sache wurden wir zu Seelenverwandten. Ich hatte es ja auch schwer, und ich glaubte nicht an Zufälle. Das sollte alles so kommen, dessen war ich mir ganz sicher.

Ich radelte nach Hause zurück. Mich erwartete eine unangenehme Überraschung, als ich das Wohnzimmer betrat. Mutter war mittlerweile erwacht, sie saß auf dem Sofa und stierte mich an. Mit leerem Blick, bewegungslos. Ich merkte sofort, dass mit ihr etwas nicht stimmte. Ich kannte ja ihre unterschiedlichen Gemütszustände. Von nüchtern, was eher selten vorkam, über angetrunken heiter bis hin zu randvoll. Weinend, lallend und überheblich lachend. Kein natürliches Lachen. Eher so ein verzweifeltes Gelächter oder Gekicher. Auch ihre Blicke und Gesichtsausdrücke kannte ich sehr gut. Aber an diesem Tag wirkte ihr Gesicht eigenartig fremd auf mich.

Und als sie mich dann auch noch fragte, wer ich denn wäre, bestätigte sich, dass ihr Zustand bedenklich war. Sie war völlig abwesend. Ich dachte an meine Vermutung, dass ihr der Alkohol ausgegangen sein könnte, denn wir hatten kaum Geld, und sie musste ihn oft stehlen. Vielleicht war der Getränkemarkt geschlossen oder man hatte sie erwischt oder sie hatte es ganz einfach nicht auf die Reihe bekommen.

Das war eine ganz neue Situation für mich, und ich wusste überhaupt nicht, wie ich darauf reagieren sollte, dass sie mich nicht als ihren Sohn erkannte. Ich erklärte ihr daraufhin, dass ich doch Jasper wäre, ihr Sohn. Sie schüttelte jedoch den Kopf und antwortete, sie hätte gar keinen Sohn. Ich wurde nervös, weil sich deutlich zeigte, dass sie nicht spaßte. Sie saß mit vorgebeugtem Oberkörper auf dem Sofa, die Arme zwischen den Beinen verschränkt, und nichts regte sich in ihrem Gesicht. Ich wollte keinen Arzt holen, wollte nicht, dass jemand zu uns ins Haus kam. Alles sollte so bleiben. Irgendwie musste es funktionieren.

Ich rannte los und suchte im ganzen Haus nach einer Flasche Wodka oder anderem Alkohol. Falls das fehlende Hochprozentige das Problem war, wollte ich versuchen, es zu lösen. Mit einer besoffenen Mutter konnte ich umgehen, aber ihr momentaner Zustand machte mir Angst. Ja, genau, das machte mich fertig. Ich bekam richtig Panik. Wie ein Besessener sah ich überall nach, doch durch unsere Unordnung im Haus war es schwierig, etwas Bestimmtes zu finden. Zwischendurch hörte ich Mutter aus dem Wohnzimmer rufen: ›Was machen Sie denn da?‹ Ich rief einfach zurück, dass ich gleich gehen würde, ich müsste nur kurz etwas suchen. Endlich wurde ich fündig. Im Keller. Ich stieß auf eine Flasche ohne Etikett, aber gefüllt. Und verschlossen.

Eine etwas kleinere Flasche mit ungefähr einem halben Liter Inhalt. Aber ich hatte keine Ahnung, was darin war. Der verflixte Korken steckte so fest, dass ich ihn mit den Zähnen herausziehen musste. Ich bekam den Geruch in die Nase, und sofort schossen mir Tränen in die Augen. Mir blieb fast die Luft weg, trotzdem roch ich vorsichtig daran. Nur ganz kurz. Das war Alkohol!

Auf dem Weg die Treppen hoch fragte ich mich, woher die Flasche mit dem undefinierbaren Gebräu wohl käme. Doch wenn dieses Zeug meiner Mutter helfen könnte, dann wäre das auch egal. In der Küche füllte ich noch eine andere leere Flasche mit Leitungswasser und ging dann ins Wohnzimmer zu meiner Mutter. Sie hatte zwischendurch einige Male nachgefragt, ob ich immer noch im Haus wäre. Es war unerträglich. Ich spürte, wie die Mischung aus Angst und Wut in meinem Kopf stärker wurde. Ich wurde wütend darüber, dass meine Mutter mir mit ihrem Verhalten Angst machte. Ist doch irre, oder? Ich stellte die beiden Flaschen vor ihr auf den Tisch und sagte: ›Das ist für Sie. Prost!‹

Um mich nicht weiter mit dieser Situation befassen zu müssen, verließ ich das Haus, ohne sie weiter zu beachten oder anzusehen. Was sollte ich machen, wenn sie mich weiterhin nicht mehr erkennen würde? Auch in den kommenden Tagen nicht? Erstmal hoffte ich darauf, dass ihr der Alkohol helfen würde. Ich wünschte mir regelrecht, dass sie sich betrank. Ganz gleich, wie volltrunken sie dann wäre, Hauptsache sie würde mich wieder als ihren Sohn erkennen.

Draußen war es schon fast dunkel, und ich wurde unruhig. Ich bekam diese gefährliche Mixtur aus Angst und Wut nicht aus meinem Kopf und meinem Körper. Als ich mit dem Rad losfuhr, wusste ich schon, dass wieder etwas passieren würde, denn ich hatte angefangen, mit den Zähnen zu knirschen.

Ich versuche mal, Ihnen das Gefühl zu erklären.

Das ist so, als wenn man auf den Gleisen einer Bahnstrecke läuft, obwohl man weiß, dass dort irgendwann ein Zug kommt. Und je länger man unterwegs ist, desto größer wird die Wahrscheinlichkeit, dass man demnächst von einem Zug überfahren wird. Wegspringen und die Gleise verlassen, ist keine Option. Umso höher nun diese Wahrscheinlichkeit wird, umso weniger spürt man in diesem Stadium die Angst, denn sie wandelt sich in Wut um. Wut von solchem Ausmaß, dass man überzeugt ist, ja, sogar zu hundert Prozent sicher, dass der Zug an einem abprallt. Dass man den Zug zum Entgleisen bringt, weil man stärker ist, als dieser herannahende Koloss.

Mit diesem Gefühl bewegte ich mich durch die Straßen. Egal, wer kommen würde. Egal, was passierte. Ich würde siegen. Würde gewinnen. Überleben. Ich wäre stärker! Jetzt wollte ich die Bestätigung. Jetzt wollte ich das erste Mal wirklich wissen, zu was ich im Stande war. Das Gefühl der Allmacht wurde stärker.

Es wurde draußen immer dunkler, ich fuhr und fuhr, bis sich an der stillgelegten Trasse, die zur Zuckerfabrik führte, endlich eine geeignete Gelegenheit ergab. In etwa fünfzig, vielleicht sechzig Metern Entfernung ging vor mir eine Person spazieren. Mit einem Hund. Ich entschied mich, auf den Überraschungsmoment zu verzichten und mich dem Gegner zu stellen. Um mich selbst zu analysieren, um meinen Willen zu siegen beweisen zu können.

Ich näherte mich ihm mit mäßiger Geschwindigkeit, überholte ihn und wünschte ihm dabei einen schönen guten Abend. Er grüßte zurück, und ich fuhr weiter. Männlich. Anfang, Mitte dreißig. Groß und mit Sicherheit nicht schwach. Der Hund? Den ignorierte ich einfach. Ich hatte mir ein Opfer auserwählt, da hielt mich doch kein Hund ab! Der war ohnehin nicht groß. Eher halbhoch.

Während des Weiterfahrens wurden meine körperlichen Symptome immer schlimmer. Das Zähneknirschen. Das Rauschen im Kopf. Das brodelnde Adrenalin. Als wäre ein Schalter in meinem Kopf umgelegt worden, ließ mich ein spontaner Impuls bremsen und anhalten. Meine Angst hatte sich komplett aufgelöst, dafür durchflutete mich jetzt eine unbändige Wut.

Ich drehte um und fuhr direkt auf den fremden Mann zu. Als ich noch etwa zehn Meter von ihm entfernt war, erkannte er, dass ich nicht ausweichen würde. Er fing an, wild zu gestikulieren und zu rufen, aber ich verstand nichts. Kein Wort. Das Rauschen und dieser unendliche Zorn nahmen alles in meinem Kopf ein.

Ich sah noch seinen völlig irritierten Gesichtsausdruck, bevor ich so nah vor ihm war, dass ich mit einem Satz von meinem Fahrrad herunter auf den Mann springen konnte. Ich schrie laut, als ich ihn ansprang und landete fast in seinem Gesicht. Ich klammerte mich mit den Beinen an seinem Körper fest und schlang meine Arme eng um seinen Hals. Er fing an zu taumeln und zu wanken und versuchte, um sich zu schlagen.

Aber zu diesem Zeitpunkt war ich mir schon sicher, dass ich ihn besiegen würde. Ich war zwar erst zwölf Jahre alt, aber ich spürte diese besondere Kraft in mir. Diese Macht. Ich verschränkte meine Hände ineinander und drückte so fest ich konnte seinen Hals zu.

Wir drehten uns schwankend im Kreis und stürzten zu Boden, aber ich ließ nicht los. Der Hund war mittlerweile ganz wild und bellte und bellte. In dieser liegenden Position war das Tier fast auf Augenhöhe mit mir, es kam ganz dicht an meinen Kopf heran und schnappte immer stoßweise nach meinem Gesicht. Während mein Gegner versuchte, sich aus meiner Umklammerung zu befreien, zeigte ich dem Hund meine gefletschten Zähne. Ich knurrte und bellte ihn meinerseits an, so laut und schrill, dass er die Flucht ergriff.

Das tat mir dann aber leid, das arme Tier konnte doch nicht einfach so alleine durch die Nacht rennen. Während der Kerl noch um sein Leben strampelte, dachte ich schon darüber nach, ob ich den Hund wohl wiederfinden würde. Die Leine hatte er ja auch noch um den Hals.

Dadurch bekam ich noch mehr Kraft, ich wollte jetzt schnell auf mein Rad steigen, um den armen Hund zu suchen. Ich schrie dem Typ ins Ohr, dass er doch endlich sterben sollte. Der Hund konnte schon sonst wo sein, das gefiel mir überhaupt nicht. Also drückte ich den Hals des Mannes noch fester zu und brüllte immer wieder voller Wut: ›Stirb! Stirb endlich!‹

Dann ließ das Strampeln und Zappeln nach, und er war tot, der Hund hatte kein Herrchen mehr. Ich zog den leblosen Körper zur Seite und schleifte ihn bis zur Böschung am Wegrand. Mit ein, zwei Fußtritten rollte er von dort die Böschung hinunter ins hohe Gras. Beinahe hätte ich einen seiner Schuhe übersehen. Den warf ich noch schnell hinterher, und schlagartig war alles still in meinem Kopf. Kein Rauschen mehr, keine Wut, keine Gedanken an Mutter. Alles wurde ruhig in mir.

Ich stand da mit ausgebreiteten Armen, schaute zum sternenübersäten Himmel und schrie so laut, wie ich es noch nie vorher getan hatte. Es war ein Siegesschrei. Eine Befreiung und eine Erkenntnis. Ich war zwölf Jahre alt und wirklich unbesiegbar. Ein unbeschreibliches Gefühl!

Obwohl ich noch lange Zeit die Gegend absuchte, konnte ich den Hund nicht wiederfinden.

Ich beschloss, diese Nacht im Freien zu verbringen und fuhr nicht nach Hause zurück. Ich hatte in der Vergangenheit schon viele Nächte draußen verbracht, Möglichkeiten gab es genug. Außerdem war es Sommer und schön warm. Ich lag nachts gerne in der freien Natur, denn der Blick zu den Sternen ließ mich immer das ganze Schlimme um mich herum vergessen.

Ich legte mich zum Schlafen an den Rand eines Kornfeldes, und das Mädchen aus der Gärtnerei kam mir wieder in den Sinn, wie sollte es mit uns weitergehen. Vor der Gärtnerei oder in der Nähe des Geländes konnte und wollte ich mich erstmal nicht sehen lassen, obwohl ich mir ziemlich sicher war, dass man nicht nach einem Zwölfjährigen als Täter suchen würde. Also musste ich einen anderen Weg finden, die Kleine wiederzusehen. Und wo würde sie sich in den darauffolgenden Tagen mit Sicherheit blicken lassen? Na? Auf dem Friedhof natürlich!

Der Gedanke schoss mir so plötzlich in den Sinn und machte mich so euphorisch, dass ich erst einschlief, als es schon fast wieder hell wurde und die Sterne langsam verschwanden.

Lange schlief ich aber nicht, denn man spürt irgendwie, dass der Tag anbricht, wenn man im Freien schläft. Ich wollte auch nicht, dass mich jemand dort sah. Es war ja gut möglich, dass mich trotz der abgelegenen Gegend ein Spaziergänger oder ein Landwirt dort entdeckte. Das würde die Leute nur misstrauisch machen, und das konnte ich mir nicht erlauben.

Also stand ich früh auf und machte mich auf den Heimweg. Ich fragte mich, wie wohl Mutters Zustand wäre und wie ich ihr und der Situation aus dem Weg gehen könnte. Ich wollte nicht nochmal erleben, dass sie mich nicht erkannte. Aber ich verspürte Hunger und Durst, ich musste unbedingt irgendwie in die Küche gelangen.

Als ich vor unserem alten Haus ankam, sah ich gerade noch, wie man meine Mutter auf einer Trage hinten in einen Krankenwagen schob und zwei Sanitäter die Türen schlossen. Sie stiegen ein und fuhren davon, ohne Notiz von mir zu nehmen. Ich stand am Rand unserer Einfahrt und sah dem Krankenwagen hinterher. ›Na, gut‹, dachte ich, ›dann kann ich in Ruhe nach etwas zu essen und zu trinken schauen‹.

Das tat ich dann auch, und anschließend legte ich mich müde ins Bett. Ich dachte mir, dass das Mädchen ohnehin noch in der Schule wäre und frühestens nachmittags am Friedhof auftauchen würde. Ich schlief lange und fühlte mich beim Aufwachen wieder ausgeruht und entspannt. Ich lag in meinem Bett und lauschte. Nichts. Kein Weinen, kein Fluchen, kein Poltern und auch keine dröhnenden Schritte, die ahnen ließen, dass Mutter wieder betrunken war. Die Ruhe wirkte richtig angenehm. Ich genoss, dass ich alleine im Haus war und stand dann nach einer Weile langsam auf.

Nachmittags machte ich mich mit dem Rad auf den Weg zum Friedhof. Ich fuhr an der Friedhofsmauer entlang und hielt nach der Kleinen Ausschau. Nachdem ich sie nirgends entdecken konnte, radelte ich in den angrenzenden Wald, suchte mir einen guten Beobachtungsposten und wartete dort.

Falls das Mädchen auf dem Friedhof auftauchen würde, wollte ich nicht gleich gesehen werden, denn ich ging davon aus, dass sie nicht alleine zum Grab ihres Vaters gehen würde. Ich wartete den ganzen Nachmittag, aber sie kam nicht.

Also fuhr ich erstmal nach Hause und kehrte am nächsten Tag auf meinen Posten im Wald zurück. Sie kam wieder nicht. Es kamen andere Menschen, die zu anderen Gräbern gingen und die ich aus dem Schutz des Waldes heraus beobachtete.

Enttäuscht machte ich mich auf den Heimweg und stellte zu Hause fest, dass auch Mutter immer noch nicht zurück war.

Am nächsten Morgen schnappte ich mir einen Rucksack und verstaute darin Essen und Trinken. Ich packte noch eine Wolldecke dazu und radelte wieder zum Friedhof. Sollte das Mädchen auch heute nicht kommen, würde ich dort im Wald übernachten. Das ständige Hin und Her fing an, mir auf die Nerven zu gehen, und ich hatte bereits einige Male die aufkommende Wut unterdrücken müssen. Da hatte ich zwei sich streitende Stimmen in mei-

nem Kopf gehabt, die linke sagte: ›Die Kleine verarscht dich nur! Merkst du das nicht?‹ Und die rechte Stimme behauptete: ›Sie wird kommen, und alles
ist gut.‹ Ich war dadurch ganz unruhig geworden
und schrie laut, dass sie aufhören sollten sich zu
streiten. Genau in diesem Moment war eine Frau an
mir vorbeigegangen und hatte mich ganz komisch
angesehen und den Kopf geschüttelt. Ich hatte sie
wütend angebrüllt, dass sie aufpassen sollte und
dass sie wohl nicht wüsste, wer ich wäre. Ich hatte
in ihrem Gesicht sehen können, dass aus Verwunde-
rung plötzlich Angst geworden war.
Aber dann, am späten Nachmittag, kam die Kleine.
Ich hatte gerade mein Rad im Wald versteckt und
den Rucksack an einen Baum gelehnt, als ich über
die Mauer sah und sie auf dem Friedhof erkannte.
Aber sie war nicht alleine. Vermutlich war die Frau,
die da bei ihr war, ihre Mutter. Ich war sofort wieder fasziniert von dem Mädchen und konnte meinen Blick nicht von ihr lassen. Die beiden waren
etwa fünfzehn, zwanzig Meter von mir entfernt, ich
konnte sie problemlos von hier beobachten. Solange die Kleine nicht alleine war, wollte ich nicht zu
ihr gehen. Also harrte ich weiter im Wald aus, beobachtete sie und ihre Mutter und wartete. Sie
brachten Blumen auf das Grab und standen dann
eine ganze Weile mit gesenkten Köpfen davor. Es
stellte sich bei mir wieder das Verlangen ein, die
Kleine zu trösten. Sie hatte ihren Vater verloren, das
war sehr schlimm, und sie sah auch unendlich trau-

44

rig aus. Mutter und Tochter blieben ungefähr eine Stunde, bevor sie wieder gingen. Ich konnte nichts dagegen machen, ich sah ihnen nach, bis sie verschwunden waren.

Ich entschied mich, noch eine weitere Nacht dort draußen im Wald zu verbringen und aß von meinem Proviant.

Ich wurde irgendwann im Dunkeln wach, weil es zu regnen begonnen hatte. Es war zwar nicht kalt, aber ohne ein Dach über dem Kopf prasselten mir ständig die Regentropfen ins Gesicht. Ich suchte meine Sachen zusammen und stieg über die Mauer auf den Friedhof. Überall brannten Kerzen in roten Gläsern, und eine nach der anderen erlosch durch die Nässe. Ich ging quer über den Friedhof zur Kapelle in der Hoffnung, dass ich dort Schutz vor dem Regen finden würde. Es entwickelte sich ein richtiges Sommergewitter, es fing an zu blitzen und zu donnern. An der Rückseite der Kapelle entdeckte ich eine große Schubkarre, die schräg an der Wand lehnte und dadurch den Boden darunter trocken gehalten hatte. Ich hockte mich, eingewickelt in meine Wolldecke, in diesen Unterschlupf und schlief wieder ein.

Am nächsten Tag wurde ich für mein Warten belohnt. Das Mädchen kam nochmal. Vormittags. Allein. Warum kam sie heute ganz alleine hierher? Und warum während der Schulzeit? Aber das war egal, ich war ja auch während der Schulzeit hier. Ich beobachtete sie heimlich und achtete darauf, dass mich niemand dort hinter der Kapelle sah. Sie beschäftigte sich mit der Grabpflege, und ich stellte mir wieder vor, wie es wäre, wenn wir zusammenleben würden. Es passte alles zusammen. Sie war verletzlich, traurig und einsam. Sie wirkte hilflos und verloren. Sie tat mir leid, und ich wollte ihr diesen Schmerz nehmen. Ich kannte das ja selber nur zu gut. Außerdem sah sie so hübsch aus mit den Zöpfen in ihrem Haar und diesen traurigen Augen. Ich versank komplett in diese Gedanken und hätte beinahe nicht bemerkt, dass sie im Begriff war zu gehen. Ich lief schnell nach hinten in den Wald, um ihr vom Eingang des Friedhofs aus entgegengehen zu können. Einen Plan, wie ich sie ansprechen wollte, hatte ich parat. Während ich im Wald auf sie gewartet hatte, war genug Zeit zum Überlegen gewesen.

Als ich durch den angrenzenden Wald lief, verlor ich sie ein, zwei Male aus den Augen, doch an der Pforte des Friedhofs, die direkt auf den Hauptweg führte, sah ich sie wieder. Ich huschte schnell und unauffällig seitlich auf den Friedhof und kniete mich hinter den nächstbesten Grabstein. Kurz bevor sie auf meiner Höhe war, erhob ich mich, klatschte mir in die Hände und tat so, als würde ich mir Dreck abklopfen. Dadurch bemerkte sie mich, aber ich blickte absichtlich zur anderen Seite und ignorierte sie. Ich wusste, sie würde mich wiedererkennen. Und das tat sie auch. Sie wirkte verwirrt, als sie mich dort sah und blieb stehen.

46

Ich schaute sie an, lächelte, und mit einem ›Hallo‹ stellte ich mich dann einfach neben sie und spulte meinen eingeübten Text ab.

Zur Einleitung sagte ich, dass man sich eigentlich nicht an solch einem Ort treffen sollte. Sie verstand das nicht, und ich erklärte ihr, wie ich das gemeint hatte. Weil man ja nur aus einem traurigen Grund auf den Friedhof ginge, nämlich, wenn man jemanden verloren hatte.

Daran konnte ich gut meine erfundene Geschichte anschließen, während wir gemeinsam weitergingen.

Ich erzählte ihr, dass mein Vater auch dort auf dem Friedhof beerdigt lag und ich noch klein gewesen war, als er starb. Dass er von einer Leiter gefallen war, ich ihn gefunden hatte und er noch zu mir sprechen konnte, bevor er kurz darauf an einem Genickbruch starb. Und dass er mich mit letzter Kraft angefleht hatte, mich um Mutter zu kümmern und um das Haus und so weiter.

Was natürlich alles Quatsch war. Ich kannte meinen Vater überhaupt nicht. Aber ich musste aufpassen und durfte mir nicht zu viel zusammenfantasieren. Denn sollte sie mich in unserer zukünftigen gemeinsamen Zeit mal wieder danach fragen, müsste ich exakt das Gleiche wiederholen können. Also beendete ich meine Ausführungen und bat sie, mir von sich zu erzählen.

Ich konnte sie riechen, so dicht ging ich neben ihr, und dadurch hatte ich Schwierigkeiten richtig zuzuhören, ich musste mich ernsthaft anstrengen. Sie sprach leise, weinerlich, und am liebsten hätte ich sie in den Arm genommen und getröstet. Aber ich musste mich zurückhalten.

Sie erzählte mir von der Sache mit ihrem Vater und dass die Polizei mittlerweile ihren Onkel, den Bruder ihres Vaters, festgenommen hatte. Der Onkel hatte ihren Vater in dem Kofferraum entdeckt und die Polizei und den Notarzt verständigt. Aber nach einer Weile hatte er sich in Widersprüche verstrickt, und zusätzlich war die Uhr des Toten bei ihm gefunden worden. Was für ein Idiot, er hatte seinen ermordeten Bruder gefunden und dann dessen Uhr mitgenommen! Scheinbar waren in dieser Familie alle leichte Schwachmaten, und ich zweifelte erneut für einen kurzen Moment an meinem Entschluss, die Kleine zu heiraten. Doch ich ignorierte die Stimme, die dagegensprach, ich wollte die Hochzeit unbedingt.

Der Onkel des Mädchens saß jetzt also in Untersuchungshaft, und die Beamten gingen von einer Beziehungstat aus, da er wohl ein Verhältnis mit ihrer Mutter hatte.

Ich konnte raushören, dass die Kleine nicht verstand, was da scheinbar zwischen ihrer Mutter und ihrem Onkel lief. Sie hatte gerade ihren Vater verloren und war durcheinander, da war es nicht verwunderlich, dass sie das alles nicht so schnell begriff. Andererseits waren wir ungefähr im gleichen Alter, und ich wusste sofort, was die Beamten da andeuteten. Wieder kam mir ganz kurz der Gedanke, dass vielleicht doch *alle* aus der Familie schwer von Begriff waren.

Wahrscheinlich ging es dabei auch um mehr als nur eine Beziehung. Vielleicht war auch ein Erbe im Spiel. Die Gärtnerei?

Ich war auf jeden Fall erstmal aus der Schusslinie. Weiterreichende Ermittlungen schien es ja noch nicht zu geben, sonst hätte die Polizei jetzt nicht das arme Schwein von Onkel am Wickel.

Bei dem Gedanken musste ich versehentlich lachen, die Kleine schaute mich irritiert mit ganz großen Augen an und fragte, was es denn darüber zu lachen gäbe. Ich entschuldigte mich und behauptete, verwirrt zu sein wegen der Erinnerungen an den Tod meines Vaters und des ganzen Kummers danach zu Hause.

Daraufhin nahm sie meine Hand, und wir gingen weiter, ohne noch etwas zu sagen. Und da wusste ich ganz sicher, dass wir ab jetzt zusammengehörten. Es war ein unbeschreiblich tolles Gefühl. All das Warten hatte ein Ende. Vergessen waren die Tage im Wald, der Hunger, der Durst. Auf einmal spürte ich, was es bedeutete, glücklich zu sein.

Es fühlte sich an, als würden wir direkt durch das Paradies wandeln. Wir waren eins. Ich spürte ihre warme, weiche Hand, die von der Arbeit auf dem Friedhof ganz schmutzig war, und mir wurde schwindelig vor Freude.

Es war, als könnte ich mit einem Mal alles, was mir bisher in meinem Leben passiert war, verzeihen. Als würde ich einen Gott spüren, der mich nur getestet hatte und mich jetzt für all das erlebte Leid belohnte.

Es sollte nur von kurzer Dauer sein. Dieses Glück.

Wir kamen an die Ecke, an der sich unsere Wege trennten, ich musste geradeaus weiter und meine Kleine nach rechts abbiegen. Ich wollte nicht in die Nähe der Gärtnerei kommen. Sicher war sicher. Wir blieben an dieser Abzweigung stehen und waren vollständig in uns selbst versunken, obwohl Menschen an uns vorbeigingen und ein Auto hupte. All das existierte in diesem Augenblick nicht. Ich ergriff auch noch ihre andere Hand und schaute sie an. Sie hatte Tränen in den Augen, war kurz davor zu weinen, und ihre Unterlippe begann merkwürdig zu zittern. Sie versuchte verzweifelt gegen die Tränen und die Traurigkeit anzukämpfen. Es gelang ihr ein kleines Lächeln, als sie meinen Blick erwiderte, und bevor sie sich umdrehte und ging, sagte sie nur einen Satz: ›Wir müssen von hier weggehen.‹

Ich stand da, wie vom Donner gerührt, mein Mädchen hatte den gleichen Gedanken wie ich. Wir waren wirklich eins! Ja, wir mussten von dort weg.

Es war auch mein größter Wunsch, zusammen mit ihr, diesem wundervollen Mädchen, wegzugehen.«

Kapitel 2
Der Befund

Vier Wochen! Er wollte noch einmal nachfragen, sich vergewissern, aber sein Unterbewusstsein hatte die Aussage des Arztes, »Vier Wochen«, schon zur Verarbeitung an die Stellen im Gehirn weitergeleitet, die für die Realisierung und Kenntnisnahme zuständig waren. Und die über Neuronen und deren Transmitter Botenstoffe freisetzten, welche an den Rezeptoren des Kleinhirns andockten und Raimond Saller nun in einen Schockzustand versetzten.

Er saß nur da, versteinert wie ein Kaninchen vor der Schlange. Paralysiert und unfähig sich zu bewegen. Seine Atmung ging kurz und schnell, während der Arzt, der ihm hinter dem Schreibtisch gegenübersaß, weitersprach und seinen Patienten aufmerksam dabei musterte, denn er erkannte dessen Verfassung.

Die Sätze drangen nicht mehr zu Raimond durch, sein Verstand verweigerte jede weitere Information über seinen Gesundheitszustand.

»Vier Wochen« war das einzige, was Saller wahrnahm. Diese beiden Worte wiederholten sich in kurzem Abstand immer wieder in seinem Unterbewusstsein. Zwei Wörter, die seine noch zu verbleibende Lebensdauer mit schonungsloser Wahrheit definierten und keinen Raum für klare Gedankengänge zuließen. Er sah durch den Arzt hindurch, wie durch ein leeres Glas. Beobachtete, wie sich der Mund des Arztes bewegte. Tonlos. Geräuschlos.

Vier Wochen! Zu wenig. Vier Wochen oder vier Tage oder vier Monate – alles zu wenig. Zu spät. Vorbei.

Wie aus dem Nichts bildeten sich kleine Punkte vor Sallers Augen. Alles drehte sich. In roten und grünen Farben tanzten die kleinen Pünktchen in seinem Blickfeld hin und her und auf und ab und ließen den behandelnden Arzt für einen Moment aussehen wie einen dekorierten Weihnachtsbaum.

Saller musste bei dem Anblick schmunzeln. Trotz der schockierenden Nachricht huschte ihm ein Grinsen über sein mittlerweile leichenblasses Gesicht.

Der Arzt sah nun zu komisch aus. Grotesk und albern. Rote und grüne Weihnachtskugeln schmückten den sonst so schneeweißen Kittel des Arztes, während dieser versuchte, seinem Patienten weitere Einzelheiten über die Diagnose und den Krankheitsverlauf zu vermitteln.

Vier Wochen.

Weihnachten? Das schaffe ich nicht mehr. Wir haben Anfang November. Welcher Tag ist heute eigentlich? Das müsste ich doch wissen, ich habe doch heute hier diesen dringenden Termin bekommen. Mittwoch? Ich glaube, heute ist Mittwoch … Er sieht zum Schießen aus, mit diesen bunten Kugeln am Kopf.

Warum kann ich ihn nicht reden hören? Was ist mit meinem Gehör? Bin ich noch hier? Was muss ich als erstes erledigen?

Muss ich überhaupt etwas erledigen? Wie er aussieht, mit diesen albernen Kugeln!

»... und Sie sollten kein Auto mehr fahren, verstehen Sie?«

Achtundsechzig Jahre. Ich werde keine Siebzig mehr. Hat auch was, dann brauche ich mir um die große Feier keine Gedanken zu machen. Jetzt erklärt sich mir auch, warum es nie eine Frau und somit auch keine Kinder gab in meinem Leben. Was hätte ich denen jetzt erzählt? Eine Sorge weniger. Vier Wochen. Das sind im Höchstfall einunddreißig Tage. Du weißt genau, was du tust — was, großer Manitu?

»Herr Saller? Dr. Saller, hören Sie mich? Soll ich Ihnen ein Glas Wasser holen? Kann ich Ihnen helfen?«

»Was? Nein ... nein. Es geht schon. Was haben Sie gesagt?«

»Ich weiß, dass diese Nachricht ein Schock für Sie ist, und es tut mir leid, dass ich keine bessere Nachricht, kein positiveres Ergebnis für Sie habe. Aber der Tumor ist an einer Stelle platziert ... es grenzt ohnehin an ein Wunder, dass sie keine Schmerzen und Ausfallerscheinungen haben oder Druck in den Augen verspüren. Normalerweise, wenn man in diesem Fall von Normalität sprechen kann, sind Patienten in einem solch fortgeschrittenen Stadium nicht mehr in der Lage hier so vor mir zu sitzen ...«

Hier zu sitzen? Sitze ich denn überhaupt hier? Ich habe das Gefühl zu träumen. Zu real. Ein real existenter Traum. Oder bin ich schon tot? Jasper. Ich

53

darf kein Auto mehr fahren. Ich muss nach Hause.
Muss aufräumen. Meine Hemden sind noch in der
Reinigung … Ich sollte nochmal gut essen gehen.
Und den Wagen abmelden. Verreisen. Verreisen
kommt nicht mehr in Frage, oder? Ein Kurzurlaub.
Ist ein Kurzurlaub noch drin? Schnell mal auf die
Malediven. Ich wollte immer auf die Malediven, be-
vor die Inseln untergehen. Der Klimawandel hat sich
für mich erledigt. Das Haus! Wer bekommt das
Haus?

»… Bei einem Tumor von dieser Größe stößt die
Medizin an ihre Grenzen. Sie sollten wichtige Dinge
jetzt schnellstmöglich erledigen und sich verab-
schieden. Angehörige und Freunde informieren.
Vorkehrungen treffen.
Es tut mir sehr leid, aber wir können hier nichts
mehr für Sie tun. Verschwenden Sie keine Zeit, Herr
Saller. Auch niemand anderes kann Ihnen weiterhel-
fen, angesichts des pathologischen Befunds, und
vier Wochen sind ein relativ konkretes Zeitfenster.
Mit Spielraum. In beide Richtungen. Aber nach dem
jetzigen Stand nur ein paar Tage. Plus, minus. Es tut
mir wirklich aufrichtig leid.«

Plus, minus? Mein Bankkonto. Der Kredit ist abge-
zahlt. Und selbst wenn nicht. Was spielt es für eine
Rolle. Ich wollte das Kleingeld noch zur Bank brin-
gen. Vier Wochen. Was für eine Scheiße. Geben Sie
sich keine Mühe, Doktor. Ich höre Ihnen nicht mehr
zu. Dazu ist meine Zeit zu kostbar. Mir wird schlecht.
Ich glaube, ich muss mich übergeben. Macht es

Ihnen etwas aus, wenn ich in Ihre Praxis kotze, Herr Doktor?

Saller nahm die Aussagen und die Mitleidsbekundungen des Arztes nicht mehr wahr. Er kämpfte mit der aufkommenden Übelkeit, und mit einem Mal fühlte sich alles völlig dumpf an. Der ganze Raum wirkte wie in Watte gehüllt. In dicke, undurchdringliche weiße Watte, und das Thunfischsandwich in seinem Magen wehrte sich gegen den einsetzenden Verdauungsprozess. Raimond Saller spürte, dass der kleine Imbiss, von heute Mittag, nicht länger in seinem Magen bleiben wollte.

Als er den Versuch unternahm, sich von seinem Stuhl zu erheben, geriet er ins Schwanken, begann zu taumeln. Alles drehte sich, er konnte seine Bewegungen nicht kontrollieren. Dabei wollte er nur noch weg. Die Übelkeit und der Schwindelanfall standen kurz vor dem Höhepunkt.

Er schaffte es gerade noch bis in den Flur, bevor er sich erbrach. Dann wurde es schwarz um ihn herum. Ein Sturz in die Tiefe. Dunkelheit. Leere. Nichts.

Raimond Saller fand sich in seinem Auto wieder und schaute auf die kleine analoge Uhr vor ihm. Die letzte Stunde fehlte. Keine Erinnerungen.

Der Tumor? Der Schock?

Das Letzte, an das er sich erinnern konnte, war das plätschernde, schlammige Geräusch, als sich sein Mageninhalt in einem Schwall auf den Linoleumboden der Arztpraxis entleerte. Er hatte keine Erinnerungen mehr daran, dass ihm sein Arzt und die

Empfangsdame auf das Sofa im Warteraum geholfen hatten, ihm Wasser reichten und warteten, bis er sich einigermaßen stabilisiert hatte. Ebenso wenig daran, dass ihn sein Arzt noch zur Tür begleitet, ihm die Hand gereicht und »Leben Sie wohl« als tröstende Worte mit auf den Weg gegeben hatte. Nichts.

Nun saß Dr. Saller in seinem Fahrzeug, das er vor der Praxis seines Hausarztes geparkt hatte. Der Geruch von Magensäure machte sich im Inneren des Wagens breit, und er brach in Tränen aus.

Vier Wochen. Er nahm den Regen nicht wahr, der mittlerweile eingesetzt hatte, nicht die Bäume, nicht die vorbeifahrenden Autos. Und auch die Menschen nicht. Er weinte. Bitterlich. Wie ein kleines Kind.

Hier im Auto, auf dem Parkplatz vor der Praxis seines Hausarztes, wurde ihm bewusst, dass er sterben würde. Es war so endgültig, und der Gedanke ließ nichts weiter zu, als ein Gefühl der Leere. Es war, als würde er in ein dunkles Loch stürzen. So wie in seinen Träumen, aus denen er manches Mal nachts erwacht war.

Dann hatte er dagelegen, in die Dunkelheit gestarrt und sich gefragt, was diese Träume wohl bedeuteten.

Jetzt war sich Raimond sicher, die Antwort darauf zu kennen. Es waren die versteckten Botschaften des sich nahenden Endes gewesen. Aber er hatte diesen kleinen Wink des Unterbewusstseins stets verdrängt, auch wenn sich die Träume in den letzten Wochen wiederholt hatten und er ahnte, was es damit auf sich hatte. Sein Unterbewusstsein wusste längst Bescheid.

Ich habe es ignoriert. Was hätte es geändert, hätte ich es analysiert und die Zeichen erkannt? Wahrscheinlich nichts. So etwas will man nicht wahrhaben.

Raimond Saller schloss die Augen, legte die Stirn auf das kalte Leder des Lenkrades und biss sich auf die Unterlippe. Fest. Zu fest. Mit einem Mal schmeckte er den bittereren Geschmack von Blut. Seinem Blut. Er riss die Augen auf und sah erschrocken in den Rückspiegel. Eine kleine Öffnung, in der Größe seines Schneidezahns, zeichnete sich dünn auf der Unterlippe ab, aus der jetzt Blut über sein Kinn rann. Er öffnete den Mund, zog die Oberlippe etwas nach oben, und seine sonst gelblich, grauen Zahnreihen mischten sich in ein graurotes Farbenspiel aus Blut und Speichel. Er suchte nach einem Taschentuch, schaute ins Handschuhfach, in die Mittelkonsole und die Innenablage der Fahrertür. Nichts. Ohne weiter darüber nachzudenken, beugte er sich leicht nach rechts auf die Beifahrerseite und spukte das fade Gemisch aus seinem Mund in den Fußraum.

Es ist doch egal. Scheißegal! Sie sind an dem Wagen interessiert? Ja, er ist noch zu haben. Genauso, wie er in der Annonce beschrieben wird. Er ist wie neu, nicht viel gefahren, und ja, er ist sehr günstig. Aller-

dings gibt es einen kleinen Haken. Ich habe Blut in den Fußraum gespukt, weil ich mir, ohne es zu merken, in die Unterlippe gebissen hatte. Ich konnte in dem verdammten Auto kein Taschentuch finden und nicht schnell genug an den Zündschlüssel herankommen, um das elektrische Fenster hinunter zu lassen. Sonst hätte ich auf den Parkplatz gerotzt.

Ich wollte einfach nur den bitteren Geschmack aus meinem Mund bekommen.

Es war der Geschmack des Todes, wissen Sie.

Mein Arzt hatte mir kurz vorher einen Gehirntumor mit auf den Weg nach Hause gegeben. Und der wird in etwa vier Wochen in meinem Oberstübchen explodieren. Na, wie finden Sie das? Ich habe eine Handgranate im Kopf, deswegen darf ich kein Auto mehr fahren.

Ich könnte andere Verkehrsteilnehmer gefährden, und mein Arzt – er ist übrigens ein ganz hervorragender Arzt, falls Sie mal einen benötigen – hat mir nahegelegt, den Wagen stehen zu lassen und nicht mehr am Straßenverkehr teilzunehmen.

Deswegen verkaufe ich das gute Stück. Ich werde meine kurze Restlebenszeit ganz sicher nicht damit verschwenden, den Wagen zu reinigen, geschweige denn, mein Blut aus dem Auto zu schrubben. Es ist mir nämlich völlig egal, ob er dreckig ist oder neuwertig oder sonst was!

Also, wollen Sie den Wagen nun haben oder nicht?

Saller lehnte sich zurück und begann zu lachen. Verhalten. Leise. Dann lauter. Immer lauter. Und zu schreien. Schließlich zu weinen und zu lachen. Gleichzeitig.

Sekunden wurden zu Minuten. Minuten zu Stunden. *Was ist Zeit? Zeit ist nicht gleich Zeit.*

Das Leben ist kurz. Vier Wochen sind nichts. Das Schicksal ist ein Schweinehund.

Die Dämmerung zog auf, es wurde dunkel draußen, und die Autos auf dem Parkplatz wurden weniger. Schließlich stand nur noch Raimond Sallers Pkw dort.

Er starrte einsam in die Dunkelheit. Kopflos. Gedankenlos. Leere. Totenstarre.

Ohne dass er es bewusst bemerkte, wanderte seine Zunge langsam über die kleine Wunde auf seiner Unterlippe. Tastend, fühlend. Das getrocknete Blut schmeckte hochgradig bitter. Die aufkommende Kälte der hereinbrechenden Nacht veranlasste ihn dazu, nochmal nach dem Zündschlüssel zu tasten. Er steckte in der Innentasche seines Jacketts. Er startete den Motor und drehte die Heizung auf. Er ließ den Motor entgegen seiner sonstigen Gewohnheit laufen. Er hasste diese Art der Umweltverschmutzung und hatte mehr als einmal Personen darauf aufmerksam gemacht, ihren Wagen morgens bei Kälte nicht stundenlang warmlaufen zu lassen. Nun war es ihm egal. Alles war egal.

Gleichgültigkeit bekommt einen neuen Stellenwert, wenn man nur noch vier Wochen zu leben hat. Nach einer Weile wurde es angenehm warm im Inneren des Wagens, und Raimond verschwendete keinen Gedanken daran, den Parkplatz zu verlassen, um nach Hause zu fahren. Oder in den nächsten Pub oder einen Abhang hinunter.

Er blieb dort. Im Auto. Auf dem Gelände der Arztpraxis.

Er drehte die Rückenlehne in eine bequeme Position und streckte seinen Körper durch. Hörte seine Knochen und Gelenke knacken. Viel zu laut. Wachzustand und Halbschlaf wechselten sich ab. Übergangslos.

Der Mond ließ sich sehen. Er zeigte sich als helle, milchige Sichel, begrüßte den Totgeweihten vom Himmel aus und leistete ihm geduldig Gesellschaft. Über Stunden. Während der Erdtrabant langsam seiner Bahn folgte, nagten Müdigkeit und Erschöpfung an Raimond Saller und ließen ihn immer wieder in einen tranceähnlichen Zustand gleiten.

Bilder. Aufzeichnungen. Blitzlichter vergangener Tage.

Sein Kopf schaukelte von einer Seite zur anderen, und er verspürte Harndrang. Er ließ es einfach zu.

Es ist mir scheißegal.

Urin sickerte warm zwischen seinen Beinen in die Sitzposter, und wieder musste er gleichzeitig lachen und weinen. Erinnerungen. Fragmente seines Lebens. Fetzen der Vergangenheit. Schwarzweißbilder.

Es ist tatsächlich wahr. Das ganze Leben zieht an einem vorbei. Aber schon jetzt? Vier Wochen.

Fotoalben.

60

Der Bauernhof seiner Eltern oben in den Bergen.
Er als Sechsjähriger.

Großvater. Ich half ihm so oft dabei, die Kühe auf die Weide zu treiben. Seite an Seite trieben wir sie voran. Gemeinsam. Großmutter. Der Pferdebauer mit den riesigen Händen. Der Krämerladen. Die Straße, die schmal durch den Ort führte. Der Wald, er machte mir Angst. Das bayerische Land. Amerikanische Gls. Kaugummi.

Bilder in sekundenschneller Abfolge.
Urin. Gehirntumor.

Die Schule. Die schwere Holztür, in der er sich die Finger geklemmt hatte. Seine erste Freundin. Der Klassenausflug, bei dem er sich am zweiten Tag die Schulter auskugelte, als die Klasse eine alte Wassermühle besichtigte und er auf den nassen Holzbohlen einer Brücke ausgerutscht war, die über den angrenzenden Bach führte. Er war heftig auf die Schulter gefallen und musste schlimme Schmerzen ertragen.

Bilder seines gesamten Lebens flogen an seinem geistigen Auge vorbei. Vater, Mutter, sein erstes eigenes Auto. Inga, die zweite Freundin. Das Studium. Die Universität. Die Dozenten. Weihnachten. Sein Hund. Angeltouren. Sein bester Freund, Peter. Die eigene Praxis. Sein erster Patient und die Gesichter von hunderten weiteren. Krankenhäuser, Gefängnisse, Anstalten. Schreie. Morde. Leichen. Grausamkeiten. Jasper. Jasper! Daraufhin folgte immer wieder das gleiche Bild eines Mannes, eines

Patienten. Seines Patienten. Jasper Purwind! Das Bild blieb. Jasper blieb. Saller schrie.

Aufwachen.

Er hörte in seinem Kopf die Stimme Jaspers. Hörte diese eigenwillige Aufforderung, die ihn bis heute und bis hierhin verfolgte. Bis zu diesem Parkplatz. Bis in dieses Auto.

»Lauschen Sie, Doktoor.«

Das Schreien vertrieb die Stimme von Jasper Purwind nicht aus Sallers Kopf. Sie hatte sich festgebissen. War dort oben eingebrannt.

Diese Stimme, die ihn schon über Jahre hinweg begleitete. Die ihn nicht mehr losließ, seit er Jasper damals in dem Hochsicherheitstrakt eines Warschauer Gefängnisses das erste Mal begegnet war.

Wie oft wurde er nachts von dieser Stimme geweckt? Eindringlich flüsternd, direkt an seinem Ohr.

»Lauschen Sie, Doktoor.«

Oft. Sehr oft. Zu oft.

Dann lag Raimond Saller wach, starrte in die Dunkelheit und lauschte. Hörte das selbstgefällige Lachen Jaspers. Hörte, wie dieser von seinen Morden berichtete. Von seiner Kindheit. Er sah, wie Jasper mit dem Kopf auf der Tischplatte hin und her rollte und »Hänschen klein« sang. Sein persönliches Wiegenlied. Blickte ihm direkt in seine kalten, finsteren Augen.

Selbst wenn sich Dr. Saller die Decke über den Kopf zog, Jasper blieb da. Auch nach dessen Selbstmord. Dieser eigenartige Patient, mit der alles einnehmenden Aura, war ein ständiger Begleiter in seinem Kopf geworden. Ein ungewollter Weggefährte, der sich an seinen Geist gekettet hatte und ihn nicht mehr losließ. Auf ewig.

Natürlich hatte es auch viele andere schwierige Patienten gegeben. Er hatte aufgehört sie zu zählen. Mit jedem neuen Fall wurde ein abgearbeiteter zu den Akten gelegt und früher oder später vergessen. Nur sehr selten tauchten nachträglich Erinnerungen an jene kranken Personen wieder auf. Nicht so bei Purwind. Er war erschienen und verweilte.

Plötzlich kam Dr. Saller ein grotesker, wirrer Gedanke.

»Du bist das in meinem Kopf, Jasper. Du bist der Tumor. Dieses Krebsgeschwür. Wuchernd und totbringend. Lässt mich nicht in Ruhe, und jetzt holst du mich.

Ja, du warst nie richtig weg. Hast die Zeit und selbst den Tod überlistet. Du psychopatischer, kranker Mann.«

Es dauerte weitere zwanzig Minuten, bis er die Gedanken an seinen früheren Patienten verwerfen konnte und in der Lage war, seinen Wagen zu starten und in den frühen Morgenstunden endlich den Parkplatz zu verlassen.

Zu Hause fiel Saller in einen tiefen traumlosen Schlaf, aber er wusste jetzt, was er noch erledigen musste in der Zeit, die ihm auf dieser Welt verbleiben sollte. Vier Wochen.

Kapitel 3
Die Rückkehr Teil 2

In den unendlichen Weiten meiner geschundenen Seele, leuchtete einst ein schwaches Licht. Ein Licht, welches sich durch Hoffnung nährte. Es wurde zu einem Höllenfeuer, das nun in meinem Inneren wütet. Auf ewig!
J.W.P.

»Ich sah meinem Mädchen lange nach, fasziniert von ihrem Liebreiz. Sie sollte mein Leben sein. Soviel war klar.
Es gab keinen Zweifel für mich. Was ich jetzt benötigte, war ein Zeichen. Würde sich dieses wundervolle Geschöpf noch einmal zu mir umdrehen, während ich ihr hinterherschaute, wäre das ein Zeichen. Eine Bestätigung, dass ich richtig lag. Dass wir zusammengehörten. Dass wir gemeinsam den richtigen Weg gehen würden. Den Weg des Lebens und des Glücks, um dieser schrecklichen Kindheit zu entfliehen. Weg von dem Bösen. Weg von diesem Sumpf aus Angst, Wut, Dreck und all den Entbehrungen. Nie wieder Hunger, nie wieder Angst, nie wieder Kälte. Ich würde ihr Wärme und Zuwendung geben und sie mir. All das, was mir so fehlte. Es würde das Paradies auf Erden sein.
Dachte ich zumindest.

Ich hörte mich reden: ›Bitte, dreh dich um. Sieh noch einmal zu mir. Komm, bitte!‹ Und plötzlich, als hätte sie mich gehört, wendete die Kleine sich zu mir um und winkte in meine Richtung. Genau wie an dem Tag, an dem ich sie das erste Mal gesehen hatte.

Sie hob ihre Hand, lächelte mir zu und ging dann weiter. Ich stand noch immer da, auch als sie schon aus meinem Blickfeld verschwunden war. Schlagartig war alles klar. Das war das Zeichen, welches ich erhofft hatte. Sie empfand das Gleiche. Sie wollte an meiner Seite in eine glückliche Zukunft gehen. Mein Herz überschlug sich fast, und mir wurde schwindelig. Ich vergaß an diesem Tag, dort auf der Straße, alles um mich herum, denn zum ersten Mal verspürte ich in meinem Inneren so etwas wie Freude. War das Glück? War das die Liebe?

Ich fasste mir mit beiden Händen an die Schläfen, spürte meinen Puls, mein hämmerndes Herz. Ich hatte schon fast Angst zu zerspringen, so sehr nahm mich dieses neuartige Gefühl ein.

Ich grinste nicht nur, ich strahlte.

Ich wusste nicht, wie lange ich dort gestanden hatte, als mich plötzlich eine ältere Dame ansprach und fragte, ob es mir gut ginge. Diese Person hatte mich aus einem wunderschönen Traum gerissen, und das machte mich augenblicklich so wütend, dass ich direkt wieder diesen Zorn in mir verspürte. Mit Sicherheit waren meine Augen komplett schwarz geworden, denn sie erschrak fast zu Tode und taumelte, obwohl ich noch gar nichts Böses zu ihr gesagt hatte. Es reichte völlig aus, meinen Mund weit aufzureißen und sie wie ein angeschossenes Raubtier anzufauchen.

Mir gefiel das immer gut. Ich war noch ein Kind, aber ich konnte Menschen mit dieser Wut so erschrecken, dass sie augenblicklich vor Angst erstarrten und wegliefen. Genau wie jetzt diese Frau, die sich einfach in meine Angelegenheiten gemischt und meinen Tagtraum gestört hatte.

Ich sah sie laufen, halb rückwärts, dann seitwärts. Sie war kreidebleich, als hätte sie den Tod gesehen. Mit knirschenden Zähnen verfolgte ich ihre Flucht. Dann drehte ich mich wieder in die Richtung, in welche mein Mädchen verschwunden war und schloss die Augen. Ich versuchte dieses Glücksgefühl wiederzubekommen, aber es gelang mir nicht. Am liebsten wäre ich der Frau hinterhergerannt und hätte sie mit bloßen Händen erwürgt. Aber ich fühlte mich müde und so hatte sie halt Glück. Ich machte mich auf den Heimweg.

Als ich nach Hause kam, war Mutter zurück. Sie sah anders aus. Irgendwie aufgeräumter. Gesünder. Sie erkannte mich auch wieder und begrüßte mich mit einer freundlichen, fast mütterlichen Art.

Mutter berichtete, dass sie eine Vergiftung gehabt hätte und dass sie jetzt aber über den Berg wäre, da die Ärzte sich gut um sie gekümmert hätten. Ich musste wieder an den seltsamen Geruch denken, der dieser kleinen Flasche entwichen war, die ich im Keller gefunden und ihr als Notlösung auf den Tisch gestellt hatte.

Glück gehabt.

Sie erzählte mir auch, dass sie ab sofort Hilfe von irgendeinem Amt bekommen würde und dass ab und zu, jemand zu uns ins Haus käme, um sie bei der Lösung ihrer Probleme zu unterstützen. Mutter brauchte in vielerlei Hinsicht Beistand. Allein bei der Bewältigung der ganzen Post, die teilweise noch immer ungeöffnet in den Schränken lag. Etliche von den Briefen enthielten wahrscheinlich weitere unbezahlte Rechnungen.

Mir gefiel der Gedanke an fremde Personen in unserem Haus nicht, aber es gab keine Alternative. Was sollte ich machen? Ich war zwölf Jahre alt. Ein Kind.

Als Mutter weiterredete, konnte ich hören, wie deutlich ihre Aussprache war. Ihre Stimme war klar, und sie wirkte ruhig. Sie erklärte mir, dass sie jetzt einen Schlussstrich unter ihre Probleme ziehen wollte. Dabei vermied sie das Wort Alkohol. Das tat sie immer. Die Wörter ›Alkoholproblem‹ und ›Alkoholiker‹ schien es nicht zu geben. Sie umschrieb ihr Problem immer sehr geschickt, aber wir wussten dennoch beide, was sie meinte. Ich freute mich für sie und ließ sie auch wissen, dass ich glücklich darüber wäre. Was sollte ich auch sonst sagen.

Von der Kleinen und meinem eigenen Glück erzählte ich nichts. Das wollte ich noch für mich behalten.

Aber scheinbar fügte sich alles durch die Begegnung mit diesem Mädchen, das mir nun nicht mehr aus dem Kopf ging.

Alles war auf einen Schlag gut, und ich dachte freudig an den Tag, an dem wir uns wiedersehen würden.

Die kommenden Tage verbrachte Mutter damit, den Haushalt in Ordnung zu bringen. Während ich wieder brav zur Schule ging, machte sie daheim sauber. Sie putzte, schrubbte, und manchmal glaubte ich, sie während dieser Tätigkeiten ein Lied summen zu hören.

Sie ging auch einkaufen, traute sich unter Menschen, sortierte die Post und fegte den Hof.

Nachmittags gingen Mutter und ich gemeinsam ums Haus herum, um Unkraut aus den Beeten zu entfernen und für Ordnung zu sorgen.

Während all dieser Zeit, dachte ich ständig an mein Mädchen und daran, ob es richtig wäre, jetzt fortzugehen. Ich war der Meinung, dass Mutter mich brauchte. Gerade jetzt, wo sie auf dem Weg der Besserung war.

Die Tage vergingen, Mutter wirkte immer gesünder, und es war schön mitanzusehen, dass sie ein geregeltes Leben hinbekam. So jedenfalls schien es.

Sie schlief jetzt fast nur noch nachts und erledigte tagsüber ganz normale Dinge. Kein Alkohol, kein Gelallte, keine Tränen. Es war fast zu schön, um wahr zu sein. Und ich? Ich half ihr, so gut ich konnte, indem ich mich unauffällig verhielt. Entweder bot ich ihr meine Hilfe an oder ging hinaus, um mich zu beschäftigen. Ich wollte ihr auf keinen Fall Anlass zur Sorge geben. Ich hatte Angst, sie würde wieder zum Alkohol greifen, wenn ich ihr Kummer bereitete. Der Gedanke daran machte mich panisch.

Also vertrieb ich mir die Zeit meist draußen im Freien. Da sie mich dann nicht sah, konnte ich ihr auch keinen Anlass zur Sorge geben. So funktionierte meine kindliche Logik damals. Denn wenn ich in ihrer Nähe war, hatte ich oft den Eindruck, dass sie sich unsicher fühlte. Ihr klarer Verstand ließ ihr nun viele Dinge ganz anders erscheinen. Vielleicht erinnerte ich sie auch nur an Vater. Das hatte sie einmal, im angetrunkenen Zustand, zornig geäußert.

Ich war oft mit meinem Rad in der Natur unterwegs und fuhr gerne zum Angeln runter an den Fluss.

Als ich eines Tages gerade wieder Angel und Köder in meinen Rucksack packte, merkte ich, dass ich eigentlich viel lieber einen Drachen steigen lassen würde. Aber ich besaß keinen, und auf der Suche nach etwas Geeignetem zum Drachenbasteln, fiel mein Blick auf die Angelschnur, und da kam mir eine tolle Idee. Schnell steckte ich alles ein, verabschiedete mich brav von meiner Mutter und fuhr den staubigen Schotterweg entlang, der kurz hinter unserer Siedlung begann, zum Fluss.

Es gab dort ein paar Nebenarme, Bachläufe und kleine Seen. Das Wetter war schön, die Sonne schien, und ich hatte einen spannenden Plan im Kopf, den ich umsetzen wollte. Ich stellte mein

Fahrrad ab, nahm meinen Rucksack und ging zu Fuß weiter. Erst gab es noch kleinere Trampelpfade, die von Anglern in die Wiesen getreten worden waren, aber nach einer Weile hörten diese auf, und die Umgebung wurde immer urtümlicher und verwachsener. Ich hatte das Gefühl auf einer Expedition zu sein. Auf Entdeckungstour. Fernab von zu Hause. Diese Momente sind schöne Erinnerungen, denn ich war frei von Ängsten und Sorgen. Ich versank in einer Fantasiewelt, die nur ein Kind begreift.

In den Ausuferungen des Flusses war es feucht, und die Wiesen waren matschig. Überall stand Wasser, man konnte kleine Fische in den Pfützen zwischen dem Grün der Auen wahrnehmen. Meine kniehohen Gummistiefel schützten mich vor nassen Füßen, und so stapfte ich noch einige Meter weiter, bis ich an einen kleinen Teich kam, der auch durch Flusswasser entstanden war.

Dort hielt ich mich oft auf, ich kannte die gefährlichen Stellen und wusste, wo das Wasser zu tief wurde, wo man sich bewegen konnte und wo nicht. Man konnte sehr schnell in das Strömungswasser des Flusses geraten, wenn man sich nicht auskannte und unachtsam war. Aber es gefiel mir dort. Ich war alleine, ungestört. Ich mochte diesen Teil der Natur, man konnte manchmal Kormorane beobachten oder riesige Wasserratten.

Aber ich hielt Ausschau nach Enten und entdeckte ein paar von den Federviechern direkt vor mir. Sie paddelten gemütlich im seichten Wasser der überschwemmten Wiesen, um nach fressbaren Kleintieren zu schnäbeln.

Ich legte meinen Rucksack an eine trockene Stelle, packte meine Angel aus und bereitete die Köder vor. Dafür hatte ich altes Brot – davon gab es bei uns zu Hause genug – mit etwas Mehl und Honig vermischt und zu einem breiigen Teig verknetet. Jetzt holte ich diesen Klumpen aus der Schale und formte kleine Kügelchen daraus.

Dabei dachte ich ständig an das Mädchen, dessen Namen ich noch nicht mal kannte. An mein Mädchen.

Ab und zu warf ich eine dieser süßlich riechenden Breikugeln in den Teich, in dem sich die Enten aufhielten. Ich zählte etwa sieben oder acht Tiere. Als ich genug kleine Kugeln geformt hatte, nahm ich eine und steckte sie auf den Angelhaken. Anschließend warf ich meine Angel aus. In den Teich. Und die restlichen Köder schleuderte ich komplett ebenfalls ins Wasser. Die Enten kamen sofort zu der Stelle geschwommen, an der die meisten der leckeren Köder in den kleinen See regneten. Angelockt von den süßen Breikugeln, die jetzt zusammen mit dem Teigköder am Haken, auf der Wasseroberfläche schwammen.

Die Enten begannen damit, ein Kügelchen nach dem anderen aufzufressen.

Als ich dann ein leichtes Ziehen in der Angel verspürte, wusste ich, dass eine der Enten auch den Köder am Haken geschluckt hatte.

Ich packte die Rute mit beiden Händen und zog sie mit einem Ruck zu mir. Die Ente war gefangen. Das Tier fing heftig an mit den Flügeln zu schlagen, und dadurch wurden die anderen gewarnt. Sie wurden panisch und flogen davon.

Meine Ente wollte ebenfalls davonfliegen, aber der Haken hatte sich irgendwo in ihrem Inneren verhakt, und so konnte sie nur soweit aufsteigen, wie es meine Angelschnur zuließ.

Ich löste die Sperre der Spule und gab ihr so viel Schnur, dass sie erstmal etwas in die Höhe kam.

Sie flog. Zehn Meter, zwanzig, fünfundzwanzig Meter. Nun betätigte ich leicht die Bremse der Spule, auf die die Angelschnur gewickelt war, und dadurch konnte ich die Ente kontrolliert fliegen lassen. Wie ein Drachen im Wind. Das war ein Riesenspaß, viel interessanter und spannender als normales Drachensteigen.

Die Ente konnte nur im Kreis fliegen, da sie durch die begrenzte Schnur nicht wegkam. Ich dirigierte sie, indem ich die Schnur mal aufrollte und dann wieder ablaufen ließ.

Irgendwann ließ die Kraft der Ente nach, und sie sank langsam zu Boden. Ich ging mit der Angelrute voran auf sie zu, wickelte die Schnur dabei auf, und als ich im hohen Gras vor ihr stand, sah ich, dass sie völlig erschöpft war. Ihr Kopf hing halb im Wasser der Feuchtwiese, und sie war hilflos. Sie tat mir leid, ich erlöste sie, indem ich mein Taschenmesser aus der Hosentasche holte und ihr einen Stich in die

Brust versetzte. Sie starb in meinen Händen. Diese arme Ente.

Ich schnitt noch die Schnur durch, die aus ihrem Schnabel hing, um meine Angel wieder mitnehmen zu können. Ich setzte meinen Rucksack auf, ging zurück zu meinem Rad und machte mich auf den Heimweg.

Auf dem Rückweg musste ich wieder an die Kleine aus der Gärtnerei denken. Das Spiel mit der Ente hatte mich zwar abgelenkt, aber die Gedanken an das Mädchen waren schnell wieder da.

Ein paar Tage später hielt ich es nicht mehr aus und fuhr zur Gärtnerei. Ich hatte nichts mehr von ihr gehört und sie auch nicht gesehen, denn sie besuchte eine andere Schule als ich.

Dort vor der Gärtnerei kam dann der Moment, der meine Welt zum Einstürzen brachte. Alles, was gerade aufgebaut werden sollte, alles Gute, alles Positive, wurde durch dieses Schild an der verschlossenen Pforte, vor der Auffahrt zur Gärtnerei, zerstört.

Meine Hoffnungen und meine Zukunft wurden mir genommen. In meinem Kopf explodierte eine Granate, als ich die beiden Wörter las.

Zu verkaufen.

Ich brauchte gar nicht weiter nachzudenken. Jetzt wurde mir alles klar. Sie hatte sich verabschiedet!

Mein Mädchen! Hatte ein letztes Mal gewinkt.

Sie hatte gar nicht *uns* gemeint, als sie sagte: ›Wir müssen von hier weggehen.‹

Sie hatte von sich und ihrer Mutter gesprochen.

Wahrscheinlich mussten sie wegen des Onkels weggehen oder weil sie die Gärtnerei nicht alleine halten konnten.

Eigentlich brauchte ich gar nicht mehr zu dem Wohnhaus zu schauen, aber ich tat es trotzdem und erkannte, dass keine Gardinen mehr an den Fenstern hingen.

Ich fing an, laut zu schreien und zu fluchen. Ich konnte nicht mehr aufhören, ballte meine Fäuste und verfluchte alles und jeden. Am meisten dieses kleine Miststück von Mädchen, das mich so schamlos belogen und betrogen hatte. Mein Verständnis für Gerechtigkeit wurde von dieser Erde gewischt, wie Brotkrummen von einem Tisch.

Ich schrie und schrie, rüttelte an dem verschlossenen Eisentor und trat gegen mein Fahrrad. Ich brüllte Gott und den Himmel an, bis ich fast ohnmächtig wurde vor Schmerz. Alles war weg. Es dauerte eine ganze Weile, bis ich mich von diesem Tobsuchtsanfall soweit erholt hatte, dass ich wieder wusste, wo ich war und wer ich war. Ich hatte eine Wut in mir, wie niemals zuvor.

Die bösartigen Kreaturen, die tief unten im meinem Keller lauerten, waren erwacht. Das Böse in seiner reinsten Form wütete in mir, und ich konnte es nicht zurückhalten.

Ich radelte zurück nach Hause, ohne zu wissen, was genau ich dort wollte.

Daheim angekommen, nahm das Drama dann seinen Lauf.

Als ich in den Flur kam, hörte ich Stimmen und Mutters Lachen. Ich betrat das Wohnzimmer, sah sie und diesen Kerl. Und die Gläser. Und die Flasche.

Mutter schaute mich an, und ich erkannte sofort an ihrem Blick, was los war.

Ich schäumte vor Wut, konnte nicht mehr klar denken und mich nicht beruhigen. Der Auslöser war nicht die Tatsache, dass sie wieder rückfällig geworden und betrunken war. Auch nicht der Typ an sich, der wahrscheinlich vom Amt geschickt worden war, um Mutter zu helfen.

Das Fass zum Überlaufen brachte der Abstand zwischen ihm und meiner Mutter auf dem Sofa. Es gab keinen! Sein Bein berührte das ihre. Es war diese fehlende Distanz, die mich durchdrehen ließ.

Ich rannte in den Keller, nahm die Axt von der Wand und lief wieder nach oben ins Wohnzimmer zurück.

Bevor einer der beiden erkannte, was passieren würde, schlug ich dem Scheißkerl die Axt in seinen Schädel. Ich war auf ihn zugegangen, hatte mit dem Arm kräftig ausgeholt und meinen ganzen Zorn in diesen Schlag gelegt. Wut aus der Hölle!

Die Axt spaltete ihm den Kopf bis zur Nase, sodass er für eine Sekunde wie ein Fisch aussah. Die Augen zeigten zur Seite und nicht mehr nach vorne, bevor dann alles in Blut und Hirn versank. Mutter schrie auf, sprang zur Seite, fiel rücklings gegen den Schrank und verlor das Bewusstsein. Ich schlug wieder und wieder auf den Kerl ein, er zerfiel vor mir, wie mein Traum von einem glücklichen Leben. Alles war voller Blut und Fleisch, Knochen, Fingern und Beinen. Ich zerhackte ihn in einem nie dagewesenen Rausch aus Wut, bis nichts mehr von ihm in einem Stück war.

Ich haute bestimmt dreißig oder vierzig Mal mit der schweren Axt auf ihn ein, bevor meine Rage nachließ. Danach setzte ich mich auf den Tisch, nahm einen großen Schluck Wodka aus der Flasche und wartete darauf, dass Mutter aus der Ohnmacht erwachte. Ohne auf ihren Schock einzugehen, zwang ich sie, die Reste zusammenzusammeln und in Tüten zu verpacken. Ich drohte ihr, sie ebenfalls zu töten, wenn sie nicht genau das machte, was ich ihr sagte. Sie gehorchte mir.

Ich blieb die ganze Zeit auf dem Wohnzimmertisch sitzen, die Flasche Wodka in der Hand, während sie kotzend versuchte, das Gehackte in Mülltüten zu kehren und den Raum sauberzumachen.

Die Überreste karrte ich in einer Nacht-und-Nebel-Aktion zum Bauern am Ende unseres Ortes und verfütterte alles an die Schweine auf der Weide.

Von dem Abend an, trank Mutter, bis zu ihrem Tod, jeden verfluchten Tag.

Ich fühlte mich innerlich kaputt und leer. Meine Stinkwut und meine Enttäuschung kannten keine Grenzen.

Wann immer es ging, trampelte ich etwas nieder, vernichtete oder tötete es. Ich überzog mein gesamtes Umfeld mit Zerstörung.

Aber immer mit Bedacht. Niemals unkontrolliert oder unüberlegt.
Eine große Hilfe war mir dabei die reinigende Kraft des Feuers.«

Kapitel 4
Das Paket

»Jurek? Wer nennt dich denn Jurek? Als ich das letzte Mal diesen Namen gehört habe, war Grandpa bei uns zu Besuch. Weißt du noch, Dad?«

»Natürlich weiß ich das noch. Er wollte unbedingt wenigstens ein Mal in seinem Leben amerikanischen Boden betreten haben, bevor er das Zeitliche segnete. Ja, so hat er sich immer ausgedrückt. Er war ein guter Mann, dein Großvater.

Jurek Dabrowski, das ist mein Name aus der alten Heimat, aber mich haben immer alle Juri genannt.«

Jason stellte das Paket, dessen Adressaufkleber er gerade gelesen hatte, hinter sich und sah hinüber zu seinem Vater, der den riesigen Chevi über den Highway steuerte. Sein Vater hatte sich in Joe umbenannt, denn Jurek klang so fremdartig. Gar nicht amerikanisch.

Natürlich kannten Jason und auch seine Schwester Heather den Lebensweg ihres Vaters. Sie wussten aus Erzählungen, dass der junge Jurek damals Polen verlassen hatte, um in den USA zu leben und dort seinen Traum zu verwirklichen, mit seinen Erfindungen und technischen Innovationen erfolgreich zu werden.

Ihr Vater hatte ihnen auch mal erzählt, dass er sein Heimatland hatte verlassen wollen, solange er zurückdenken konnte. Man hatte ihn als Kind in der

Schule oft gehänselt, weil er sich nicht für die gleichen Dinge interessierte, wie die anderen Altersgenossen. Er hatte sich ständig falsch verstanden gefühlt, ausgegrenzt und einsam. Es war keine schöne Kindheit gewesen, die er dort drüben verlebt hatte. Selbst in den Jahren seines Studiums hatte er nur selten so etwas wie Freude empfunden. Einzig und allein sein Kater, der ihn auf eine entscheidende Idee gebracht hatte, hatte ihm glückliche Momente bereitet. Und natürlich seine erfolgreiche Arbeit, die vom unermüdlichen Drang zu Höherem begleitet worden war.

Jason konnte damals nicht glauben, was er von seinem Vater zu hören bekommen hatte.

Dieser Mann war als Kind ängstlich gewesen und von seinen Mitschülern drangsaliert worden?

Hier war sein Vater der große Joe. Der Mann, der es geschafft hatte, sich in einer Ellbogengesellschaft durchzusetzen. Der unerschütterliche, großgewachsene Mann aus dem fernen Europa, der sich in der amerikanischen Computerindustrie einen festen Platz gesichert hatte und der in dieser hart umkämpften Branche, von der Konkurrenz, gefürchtet wurde.

Jason wusste nichts von den Ängsten seines Vaters, der für ihn den Fels in der Brandung darstellte. Er wusste auch nichts von jenem letzten Wunsch seines verstorbenen Großvaters. Er hatte nur vage Erinnerungen an Grandpa Gordon und war froh darüber, dass er ihn noch kurz kennengelernt hatte, bevor er gestorben war.

Es war schon ein paar Jahre her, dass sein Großvater sich zu der Reise entschlossen hatte und nach Kalifornien zu Besuch gekommen war.

Jason war selbst noch nie in Europa gewesen. Seine Schwester Heather hatte ihre Großeltern ein einziges Mal in Polen besucht und war früher als geplant von ihrer Reise zurückgekehrt, weil sie mit Land und Leuten nicht zurechtgekommen war.

Jason machte sich nichts aus dem weit entfernten Land, in dem sein Vater und sein Großvater aufgewachsen waren. Er war ein Patriot, liebte Amerika. Es wäre das großartigste Land der Erde, ließ er manchmal verlauten. Sein Vater redete viel und oft über seine alte Heimat. Über den kalten Krieg, die Öffnung der Grenzen zum Westen und über die Verhältnisse, die Anfang der neunziger Jahre noch geherrscht hatten. Jedoch über Jasper Purwind hatte er nie gesprochen. Zu keinem Zeitpunkt.

Für Jason klangen die Geschichten aus Polen fremdartig, er konnte sich die Gegebenheiten der damaligen Zeit kaum vorstellen. Aber er war stolz auf seinen Vater und auf das, was dieser hier in Amerika erreicht hatte.

»Wir haben uns alle so amüsiert, als Grandpa dich damals mit Jurek angesprochen hat. Das war an Mums Geburtstag, bei dem wir sowieso viel Spaß gehabt haben. Ich werde nie vergessen, wie überrascht sie war, als sie ihr Geschenk entdeckt hat.«

Bei der Erinnerung an diesen Tag mussten beide laut auflachen, und Juri hatte Schwierigkeiten, sich auf den Verkehr auf dem Highway zu konzentrieren.

»Ma hat an dem Morgen doch tatsächlich geglaubt, du hättest ihren Geburtstag vergessen. Sie hat es wirklich geglaubt! Du hast die Rolle großartig gespielt, Dad. Ich erinnere mich noch genau an ihr Gesicht, als wir alle gemeinsam am Frühstückstisch gesessen haben.

Ma hat so sehnsüchtig auf einen Glückwunsch von dir gewartet, auf irgendeine Reaktion, aber du hast mit normaler Routine deinen Kaffee getrunken und so getan, als wenn nichts Besonderes anliegen würde. Als du sie dann lächelnd angesehen hast, hat sie bestimmt gedacht ›Ja! Jetzt!‹, doch du hast sie lediglich gefragt: ›Schatz, soll ich dich zur Arbeit fahren? Ich habe noch etwas Zeit, bevor ich ins Büro muss.‹ Ihr ungläubiger Blick!«

Jason sah seinen Vater aufmerksam und zufrieden an. Sie waren eine glückliche Familie, das spürte er sehr stark in diesem Augenblick.

Auch Juri erinnerte sich an jenen Geburtstag seiner Frau.

»Deine Ma war so enttäuscht, sie hat mir richtig leidgetan. Es ist mir wirklich schwergefallen, sie so lange zappeln zu lassen.

Wir sind kurz danach gemeinsam nach draußen zur Garage gegangen, und dort hat sie, völlig unvorbereitet, in der Einfahrt ihr neues Auto entdeckt. War es nicht so?«

»Ja, so war es! Ma ist total ausgeflippt. Sie hat immer wieder ›Joe‹ geschrien, ›Joe, ... Joe‹.
Die Nachbarn haben alle Bescheid gewusst, sie sind aus ihren Häusern gekommen und haben geklatscht. Ma hat geweint, weil sie so überrascht war, dass plötzlich alle zum Gratulieren da waren, Mrs. Brockwill, von nebenan, sogar mit einem riesigen Blumenstrauß.
Dad, ... es ist schön zu sehen, wie sehr ihr euch liebt.«
»Danke, mein Sohn. Deine Mutter ist die tollste Frau, die sich ein Mann wünschen kann.«

Juri kam mit seinem Sohn von einem Meeting mit anderen Konzerninhabern, um über eine Fusion zu sprechen. Seit einiger Zeit bekundeten die Bosse mehrerer Unternehmen, die ebenfalls hier im Silicon Valley ansässig waren, ihr Interesse an einem Zusammenschluss von Juris »Dabro Community« und ihren eigenen Firmen.
Sie wollten auf dem rasant anwachsenden Markt, gegenüber ausländischen, vorwiegend asiatischen Großunternehmen, konkurrenzfähig bleiben.
Sie, die fein gekleideten Herren der kalifornischen Computerzunft, verfolgten die ständige Expansion des Dabro-Unternehmens, das mittlerweile nicht mehr nur mobile Kleinkameras produzierte, sondern auch in der Computerbranche mit großem Erfolg tätig war. Silicon Valley gilt als unangefochtene Zentrale der weltweiten Computertechnik. Das Epi-

zentrum der IT- und High-Tech-Industrie. Und wenn es eines gab, das die Vorstandsvorsitzenden noch unruhiger machte, als ein von einem gebürtigen Polen angeführter amerikanischer Wirtschaftszweig, dann war es die Angst vor einer Übernahme durch die Chinesen. Die Broker, firmeneigene Börsenexperten, rieten schon länger zu einem Treffen mit den Dabrowskis, denn sie sahen, wie die Aktienkurse von Dabro Community immer weiter nach oben wanderten, während die eigenen irgendwo auf halber Höhe festhingen.

»Der Pole wächst wie kein anderer«, lautete kürzlich eine Zeile in einem renommierten Wirtschaftsmagazin. Jason, Juniorchef des Kamera- und Computerimperiums, fand diese Aussage mehr als anmaßend und drohte damit, diese Schmierfinken von Journalisten zu verklagen. Aber Juri beruhigte seinen Sohn und ließ ihn wissen, dass man immer wieder mit solchen Äußerungen in den Medien konfrontiert werden würde.

»Daran musst du dich gewöhnen. Gerade in unserer Position. Wir sind Einwanderer, auch wenn wir die amerikanische Staatsbürgerschaft haben und du sogar in diesem Land geboren worden bist. Konzentriere dich auf wichtigere Dinge. Solche Schlagzeilen entstehen ohnehin nur aus niederen Beweggründen, wie beispielsweise ...«

»... Neid«, fiel ihm Jason ins Wort.

»Right, Neid«, antwortete Juri. Vater und Sohn sahen sich an und mussten vor Lachen losprusten.

Einem echten Amerikaner könnte man diesen Reim natürlich nicht erklären, denn Übersetzen wäre unmöglich. Diese Wortspielereien hatte Juri schon als Kind mit seinem Vater, Gordon Dabrowski, veranstaltet, und sie gaben damals wie heute, generationsübergreifend, immer wieder Anlass zu Lachanfällen.

»Kannst du irgendwo auf dem Paket einen Absender erkennen?«, wollte Juri wissen, und sein Sohn drehte sich noch einmal nach hinten zum dem Paket um, das er auf die Rückbank des Autos gestellt hatte.

»Warte, ich gucke es mir mal genauer an.«

Jason löste seinen Sicherheitsgurt, um besser an den Packkarton zu gelangen. Er griff danach, drehte ihn in alle Richtungen, schaute unterhalb und an den Seiten nach, aber es war lediglich die Anschrift von Jurek Dabrowski zu erkennen.

»Nein, nichts. Nur die Anschrift mit diesem komischen Vornamen Jurek.«

Wieder mussten beide grinsen. Sie lachten oft und viel, sie waren ein gutes Team und verstanden sich blendend. Juri war mehr als Stolz auf seinen Sohn, der so perfekt in den Beruf des Unternehmers gefunden hatte.

Doch plötzlich schien Jason etwas zu entdecken.

»Hier. Natürlich. Ist doch abgestempelt worden. Schwierig, es ist schlecht zu lesen.«

»Soll ich anhalten?«

»Nein, schon gut, Dad.

Hier steht etwas, sieht aus wie deutsch oder hollän-
disch. Es ist schlecht zu erkennen, aber es scheint
nicht aus den USA zu sein. Hast du etwas in Europa
geordert?«
Juri schüttelte den Kopf und konnte sich diese Postsendung nicht erklären. Seine Neugier über das Paket und dessen Inhalt war geweckt.
»Schnall dich bitte wieder an, ich werde es zu Hause
öffnen. Dann werden wir schon sehen, was es damit
auf sich hat.«
Jason drehte sich wieder nach vorne und legte seinen Sicherheitsgurt an. Auf dem restlichen Heimweg unterhielten sie sich angeregt über das vorher-
gegangene Treffen mit den Unternehmern und
dachten nicht mehr an das Paket.

Kapitel 5
Die Rückkehr Teil 3

»Nichts war mehr so, wie es war. Nichts war mehr gut. Alles wurde schlimmer. Viel schlimmer. Die Wut. Die Angst. Die Albträume. Mutters Alkoholproblem. Ihre Exzesse. Unser Verhältnis zueinander. Die Schule sowieso. Mein Traum, dem Ganzen zu entfliehen, um mit einem wundervollen Mädchen ein Leben in Frieden und Harmonie zu führen, war geplatzt, wie der Kopf des Gärtners.

Zusätzlich kamen jetzt Fragen auf. Von Seiten der Behörden und auch von der Polizei. Ich wies Mutter natürlich an, nichts über das Geschehene zu sagen. Sie war sowieso völlig durch den Wind, wegen des Burschens, der leider etwas zu dicht neben ihr gesessen hatte. Sie hatte enorm mit sich zu kämpfen, schrie jede Nacht und zitterte ständig. Daran konnte auch der Wodka nichts ändern.

Als die Beamten zu uns kamen, um ihre Fragen nach dem Verbleib des Kerls zu stellen, erzählte ich ihnen, dass dieser Mann von der Behörde versucht hätte, sich an meine Mutter heranzumachen. Dass er aufdringlich geworden wäre und ich ihn daraufhin gebeten hätte, unser Haus zu verlassen. Des Weiteren ließ ich sie wissen, dass Mutter durch diesen Vorfall wieder angefangen hätte zu trinken. Dass er immerhin für uns eine Vertrauensperson dargestellt hätte, die uns helfen sollte, aber wir jetzt wegen Mutters wiedergekehrtem Alkoholproblem in erneuten Schwierigkeiten wären. Ich stellte die Forderung, dass die Polizei umgehend aufhören sollte, uns weiterhin mit Fragen zu belästigen und drohte damit, sonst das Verhalten dieses Beamten an die große Glocke zu hängen. Er war da gewesen und dann gegangen. Fertig.

Der Zustand und der Anblick meiner Mutter, sowie meine Androhungen, sorgten für den nötigen Nachdruck, sodass die Beamten uns in Ruhe ließen und wieder gingen.

In solchen Situationen lief ich generell zur Höchstform auf, und ich erkannte früh, dass bei einem aufkommenden Verdacht, Angriff die beste Verteidigung war. Meine ständige Wut kam mir ebenfalls zu Gute, denn sie schienen Angst vor mir zu haben. Die Erwachsenen. Zu Recht.

Nach einer Weile kehrte wieder Seelenfrieden ein. Sowohl bei mir, als auch bei meiner Mutter. Sie trank zwar nicht weniger, aber sie schrie nicht mehr im Schlaf.

Für mich war es eine Zeit der Erkenntnis. Erkenntnis darüber, dass Veränderungen nicht grundsätzlich positive Auswirkungen hatten. Selbst, wenn es so schien. Die jetzigen Verhältnisse erwiesen sich doch als die Besten, und mein Gespür, dass es nicht gut war, wenn Fremde in unser Haus kamen, hatte sich ja auch bestätigt. Ich ließ Mutter in Ruhe trinken und sie belästigte mich ihrerseits nicht. Wir lebten irgendwie weiter. Aneinander vorbei. Jeder für sich, in seiner eigenen Welt voller unbändiger Dämonen.

Immer einen Schritt dichter an der Hölle als am Himmel.

Meine Teufel. Ich konnte sie etwas beruhigen. Aber erst, nachdem ich mich eines Nachts zu dem verlassenen Wohnhaus der Gärtnerei geschlichen hatte, um es niederzubrennen. Ich stieg durch ein Kellerfenster ein, häufte alle brennbaren Materialien, die dort unten zu finden waren, zusammen und setzte sie in Brand.

Genau wie ein paar Jahre zuvor, versteckte ich mich auf der anderen Straßenseite in einem Baum und sah mir das Schauspiel an. Die Bude brannte fast bis auf die Grundmauern nieder, bevor das Feuer gelöscht werden konnte. Die Kleine sollte für ihren feigen Abgang nicht auch noch belohnt werden, indem sie und ihre Mutter einen Batzen Geld für das Anwesen kassierten. Würde ich sie jemals wiedersehen, wäre das ihr Ende. Ganz sicher.

Es war Rache. Nichts weiter. Aber mein Zorn ließ nach, und die Dämonen wurden still, nachdem von dem Haus der kleinen Schlampe, so gut wie nichts übriggeblieben war. Jedes Mal, wenn ich zukünftig dort vorbeifuhr, musste ich zufrieden grinsen.

Das Leben ging also weiter. Nahm seinen gewohnten Gang. Mutter trank, weinte, schlief und erzählte dummes Zeug, wenn sie volltrunken war. Im Winter war es, mangels Heizöl, furchtbar kalt im Haus, und wenn es auch noch mit Lebensmitteln eng wurde, zog ich los, um zu stehlen. Essen, trinken. Alkohol für Mutter.

So verbrachte ich meine Kindheit.

Je älter ich wurde, umso weniger kümmerte es mich, wie es bei uns zu Hause zuging.

Der Mensch gewöhnt sich an alles. Er braucht nur genug Zeit. Eingewöhnungszeit, sozusagen. Die Zeit ist ein Schlitzohr und immer gegen dich. Wenn es dir gut geht, du womöglich frisch verliebt bist, dann legt sie einen Zahn zu, dreht selbst an der Uhr und läuft schneller. Aber wehe, es geht dir schlecht, dann schleicht sie, schaltet sofort zwei Gänge herunter und sieht dir zu, wie du leidest. Zeit ist relativ, sagt man. Ja, relativ gemein. Niederträchtig und hinterlistig.

Als ich vierzehn Jahre alt wurde, wollte ich mir selbst etwas schenken. Irgendetwas, das diesen Geburtstag besonders werden ließ. Ich hatte keine Hoffnung darauf gesetzt, dass Mutter an diesem Tag an mich denken würde. Ganz im Gegenteil. Seit dem Tag, an dem ich diesem Mistkerl neben ihr auf dem Sofa gezeigt hatte, was ich von ihm hielt, war sie noch distanzierter als ohnehin schon. Sie hatte noch mehr Angst vor mir. Diese Furcht machte ihr richtig zu schaffen, denn sie kannte den Trick nicht. Den Trick, Angst in Wut umzuwandeln, damit man besser leben konnte.

Als ich Mutter mittags begegnete, hatte sie zwar eine Geschenkschachtel in den Händen, aber sie teilte mir mit — schon wieder leicht lallend —, dass sie zu Bekannten ginge, weil dort jemand Geburtstag hätte. Wahrscheinlich irgendwelche räudigen Kerle, die wussten, dass Mutter leicht zu haben war, wenn sie erstmal genug Alkohol intus hatte. Da mir nichts Besseres einfiel, um aus meinem Geburtstag einen besonderen Tag zu machen, kam mir die Idee, ihr einfach heimlich nachzugehen. Ich wollte sehen, wohin mich dieser Einfall führen würde. Ich wartete, bis sie das Haus verlassen hatte und ging ihr hinterher. Unauffällig natürlich. Ich hatte nicht die leiseste Ahnung, wo sie hin wollte.

Aber als ich sie aus sicherer Entfernung verfolgte, da verspürte ich ein seltsames Gefühl, das mir irgendwie gefiel. Es war eine Mischung aus Überlegenheit und befriedigender Macht, ich konnte ihr nachstellen, ohne dass sie mich bemerkte. An diesem vierzehnten Geburtstag wurde das Verlangen in mir geboren, Menschen zu verfolgen und zu beobachten.

Ich blieb in Eingängen stehen, wenn ich das Gefühl hatte, Mutter würde mich bemerken oder sich umdrehen. Wartete an Häuserecken und riskierte nur einen kurzen Blick. Es war fast eine Pirsch, wie auf einer Jagd. Es war eine ganz neue Erfahrung, und in mir erwuchs die Gewissheit, dass ich das wiederholen würde. Ganz sicher. Nicht mit Mutter als Verfolgte, nein. Mit einer völlig fremden Person. Einer Person meiner Wahl.

Ich musste darauf achten, Mutter nicht aus den Augen zu verlieren zwischen den vielen Passanten auf der Straße. Aber sich zu konzentrieren war jetzt nicht einfach. Meine Gedanken kreisten in enormem Tempo, und ich fing an, mit den Zähnen zu knirschen. Das irritierte mich total, denn das passierte mir sonst nur, wenn ich wütend wurde. Hier befand ich mich doch in einer ganz anderen Stimmungslage. War das der Wahnsinn? Ich wusste es nicht. Die wildesten Gedanken kamen mir in den Sinn, ich malte mir aus, wie es wäre, jemanden nachts zu verfolgen. Im Schutz der Dunkelheit. Alles drehte sich in meinem Kopf, und ich musste an die Nächte denken, die ich alleine im Wald verbracht hatte. Als ich die Tiere gespürt hatte, die in meiner Nähe waren. Unbekannte Geräusche. Das Knacken des Geästs. Die Erregung. Das Wissen um meine Macht. Meine Furchtlosigkeit. Alles vereinte sich in einem Karussell aus Gedanken, und fast hätte Mutter mich entdeckt. Ich war einen Moment unvorsichtig geworden und um eine Hausecke gebogen, ohne vorher kurz zu schauen, wo sie ging. Ich wäre ihr fast in die Arme gelaufen, weil ich so in meine Fantasien vertieft gewesen war. Mit einem Sprung zurück, konnte ich unser Zusammentreffen gerade noch verhindern.

Mittlerweile wusste ich nicht mehr, wo wir uns befanden. Wir waren in einem riesigen Wohnghetto mit zehnstöckigen Hochhäusern und tausenden von Klingeln an jedem Eingang. Wo wollte sie hin, und wen kannte sie hier? Und woher? Meine Augen fingen an zu tränen von dem ganzen Wirrwarr im Kopf, und einige Passanten sahen mich komisch an.

Ach ja, meine Zähne. Das Knirschen und Mahlen meiner Zähne machte einigen Lärm. Ich platzte fast vor Neugier, und egal, wie dieser vierzehnte Geburtstag auch ausgehen würde, er war bis hierhin schon aufregender, als alle anderen zuvor.

Das Nachstellen meiner Mutter, die Gedanken an künftige Verfolgungen im Dunkeln, die Neugier und die unbekannten, irren Gefühlsregungen, machten diesen Tag zu etwas Besonderem.

Irgendwann, es kam mir vor, als wäre ich Mutter stundenlang hinterhergeschlichen, bog sie in einen Zuweg ein, der zu solch einem mehrstöckigen Haus führte. Ich blieb an der Straße hinter einer Hecke stehen und konnte beobachten, wie sie eine der zahlreichen Klingeln drückte. Welche genau, war nicht zu ersehen. Ich hörte das Summen des Türöffners, und dann verschwand meine Mutter im Flur. Als die Tür anfing, sich wieder zu schließen, rannte ich los. Ich musste die Tür erreichen, bevor sie ins Schloss fiel, darum machte ich einen großen Sprung und hechtete nach vorne. Ich schlug hart auf, aber ich konnte mit meiner Hand das Verschließen der Eingangstür verhindern.

Allerdings brach ich mir dabei zwei Finger, so schwer fiel die Tür zurück. Ich hatte auf einmal zwei Gelenke mehr an den Fingern. Es war mir völlig gleichgültig. Ich konnte den Schmerz zwar nicht gänzlich ignorieren, aber ich war bereit, Opfer zu bringen.

Es war mein Geburtstag.

Mutters Schritte waren noch im Hausflur zu hören, als ich die schwere Stahltür aufdrückte. Sie ging den langen Korridor entlang, vorbei an den Aufzügen und an der Treppe. Ich sah ihr nach. Ihr Ziel lag also hier unten im Erdgeschoss. Es musste eine der hinteren Wohnungen sein. Dann hörte ich sie an eine der Wohnungstüren klopfen.

Ich lag noch im Eingangsbereich auf dem Boden, denn ich hatte mich liegend durch die Tür gezogen, um unentdeckt zu bleiben. Ein unangenehmer Geruch von Urin machte sich breit und stieg mir in die Nase. Ich war mit dem Gesicht zu dicht am Boden dieses verdreckten Flurs. Jedoch bot der lange Hauskorridor wenig Schutz, und so akzeptierte ich diese entwürdigende Situation. Meine Neugier war größer.

Dann öffnete sich eine Tür am anderen Ende des Gangs, und Mutters Stimme mischte sich mit der eines Fremden. Es drangen laute Musik und weiteres Stimmengewirr heraus. Die Wohnungstür fiel wieder ins Schloss, es wurde still.

Als Mutter aus meinem Blickfeld verschwunden war, stand ich auf, und während ich mich leise zu der Tür schlich, vor der sie eben noch gestanden hatte, erwachte Eifersucht in mir. Die wildesten Fantasien wucherten in meinem Kopf, ich stellte mir vor, wie sie zwischen betrunkenen Männern saß.

Einer wie der andere nur auf eines aus. Sterne kollidierten jetzt in meinem Kopf, und ich bekam wieder diese Wut. Mutter war hinter dieser verschlossenen

Tür. Ohne mich. Ich fühlte mich ausgesperrt. Abgewiesen.

Ich stand jetzt direkt davor, drückte ein Ohr gegen den kalten Stahl und lauschte. Die Musik war gedämpft zu hören, Stimmen, Gläserklirren. Ich wusste nicht weiter, mir gefiel der Gedanke an das, was sich wahrschlich hinter dieser Tür abspielte, überhaupt nicht. Dass meine Mutter da drinnen keine Karten spielte, war mir natürlich klar. Sie war meine Mutter!

Ich bemerkte weder, dass ich erneut anfing mit den Zähnen zu knirschen, noch dass hinter mir eine andere Tür aufgegangen war und ein Mann in den Flur trat. Erst als er mich ansprach, wurde ich aus meinen Gedanken gerissen. Er hörte in dem Moment auf zu reden, als ich mich zu ihm umdrehte und er mein Gesicht sah. Schade, dass ich mich selber nicht sehen konnte, er wurde jedenfalls kreidebleich und ging einen Schritt zurück. Ich musste nichts sagen, er hatte auch so Angst vor mir. Mein Blick genügte, um ihn aus dem Treppenhaus zu jagen.

Nachdem er fluchtartig davongerannt war, ging ich auch. Draußen war es bereits dunkel. Ich hatte wieder jedes Gefühl für Zeit verloren. Wut betäubt auf wundersame Weise. Aber das reichte mir nicht. Sonst wäre ich nicht auf die Idee gekommen, mir Alkohol zu besorgen. Die Wirkung von Wodka, die ich ja vor einiger Zeit kennengelernt hatte, als ich auf Mutters Erwachen wartete, hatte mir gefallen. Jetzt wollte ich wieder trinken, also besorgte ich mir drei kleine Flaschen in einem nahegelegenen Supermarkt. Genauer gesagt, klaute ich sie.

Auf dem Weg zurück zu dem Hochhaus, leerte ich die erste gleich in einem Zug aus. Der Zorn, der in mir wucherte, wurde zwar nicht weniger dadurch, aber irgendwie weicher. So konnte ich durch die Straßen ziehen, ohne die nächstbeste Person anzufallen, ich konnte meine Impulse besser steuern.

Dieses Mal versuchte ich gar nicht erst in das Haus zu gelangen, sondern schlich mich außen um das Gebäude herum. Ich schaute, wo die unteren Wohnungen lagen und hörte dann auch schon Musik aus einem der halboffenen Fenster. Da musste also die kleine Privatparty stattfinden.

Mir wurde schlecht, weil sich in meinem Kopf wiederholt Schreckensszenarien über die Vorgänge in dieser fremden Wohnung abspielten.

Es war unerträglich, ich mochte überhaupt nicht darüber nachdenken. Ich hatte doch Geburtstag. Ich hätte eine Feier verdient.

Wer waren diese Typen eigentlich, und woher kannten sie meine Mutter? Daran, dass sie dort in der Wohnung die einzige weibliche Person war, hatte ich keinen Zweifel.

Ich stand jetzt vor dem Fenster, aus dem die Musik zu hören war, es war angekippt, und die Gardinen waren zugezogen. Plötzlich hörte ich *sie* lachen. Mutter lachte! Das machte mich irgendwie noch rasender, ich holte den zweiten Wodka aus meiner Tasche und trank ihn auf ex aus.

Es nutzte nichts. Die Wut blieb, ich konnte sie nicht loswerden. Die Gesprächsfetzen, die zu mir nach draußen drangen, das Johlen der Männer und Mutters Gelächter, das alles machte mich wahnsinnig, denn ich konnte nichts daran ändern.

Meine anfängliche Euphorie über die heimliche Verfolgung meiner Mutter verflog und löste sich auf. Ich spürte die Niederlage. Ich konnte jedoch nicht schon wieder Feuer legen. Oder die Tür eintreten, um meine Mutter da rauszuholen. Das war nicht möglich. Ich verstand mich nicht, war verwirrt, traurig, wütend. Alles gleichzeitig. Warum war es mir nicht egal, was sie trieb?

Und mein Geburtstag? Doch nicht besser, als die vorherigen.

Ich verließ ich den Ort. Ich ging, ohne mich nochmal umzudrehen, und das Stimmengewirr wurde mit jedem Schritt leiser. Der Geschmack einer Niederlage legte sich bitter in meinem Rachen ab, ich musste würgen. Was hätte ich tun sollen? Laut schreien ›Mutter, komm da raus‹? Ich fühlte mich hilflos und verloren. Das machte mich zwar ärgerlich, aber der Aufruhr in meinem Inneren reichte nicht aus, um etwas Bewegendes anzufangen und die Situation zu meinem Vorteil zu verändern.

Unterwegs trank ich die dritte und letzte Flasche Wodka leer, und der Alkohol zeigte volle Wirkung. Meine Gedanken kreisten nur um Mutter und diese Kerle. Was sich vor meinem geistigen Auge abspielte, machte mich verrückt.

Ich wusste nicht, wohin ich gehen sollte. Nach Hause wollte ich nicht.

Ziellos durch die Straßen marschierend, fing ich an, jede Straßenlaterne mit Fußtritten und Kopfstößen zu bearbeiten, bis das Licht ausfiel. Dass mir dabei die Stirn mehrmals aufplatzte und ich zu bluten anfing, war mir völlig egal. Ich konnte mich kaum richtig auf den Beinen halten, fing an, doppelt zu sehen. Blut lief mir in die Augen. Ich begann, in die Nacht zu schreien. Immer wieder und immer lauter.

Was hatte Mutter davon, ständig Alkohol in sich hineinzuschütten? Für mich war der Wodka wohl doch keine Option, mir wurde unbeschreiblich übel. Ich torkelte von einer Straßenseite zur anderen, versuchte mich aufrecht zu halten, aber es gelang mir nicht. Ich schleppte mich orientierungslos durch die Stadt. Fremde Personen sprachen mich an, ich verstand sie nur bedingt, undeutlich, aber ich spürte, dass sie sich über meinen Zustand abfällig äußerten.

Ich gab dem Drang der Übelkeit irgendwann nach und übergab mich. Angelehnt an eine Hauswand, kotzte ich mir die Seele aus dem Leib, als ein paar Typen auf mich zukamen und anfingen zu pöbeln. Sie stießen mich an und rangelten herum, ich bekam das gar nicht so richtig bewusst mit. Eine Mischung aus Blut und Erbrochenem lief mir über die Jacke, während ich wie ein Ball hin und her geschubst wurde. Diese Kerle lachten höhnisch und stellten Fragen, die ich nicht beantwortete. Das waren für mich nur irgendwelche Idioten. Straßenspinner. Sie bauten sich auf, umringten mich und fingen an, mich zu treten. Nüchtern hätte ich sie mit der Wut verjagt, die spätestens jetzt in meinem Gesicht zu sehen gewesen wäre. Angst geht eigene Wege, und diese´ Jungs hätte ich in Furcht und Schrecken versetzt. So aber war ich nur ein Spiel für sie.

Mit einem Mal durchdrang eine Idee meinen benebelten Kopf, ein spontaner Plan entstand. Ich setzte diesen Impuls in die Tat um und täuschte einen Angriff auf die Gruppe vor. Ich ballte die Faust, lehnte mich vor und schlug zu. Natürlich verfehlte ich mein Ziel. Das war ja Absicht, aber wahrscheinlich hätte ich ohnehin nichts getroffen, in diesem Zustand.

Es wirkte wie ein Startschuss auf die vier oder fünf Männer. Sie schlugen wahllos auf mich ein, und ich ließ es geschehen. Ich ließ mich verprügeln. Und wenn diese Typen eines gut beherrschten, dann war es, eine wehrlose Person zusammenzuschlagen. Gnadenlos. Ich sackte relativ schnell zu Boden, und direkt nach dem ersten Tritt in mein Gesicht, spürte ich lose Zähne im Mund. Ich spuckte sie einfach aus, um nicht an ihnen zu ersticken. Fäuste und Füße prasselten auf mich nieder. Ich unterdrückte den Reflex, mich mit den Armen zu schützen und ließ die Angreifer gewähren. Hätten sie mich in dieser Nacht nach meinem Geburtstag getötet, dann wäre es halt so gekommen. Ich nahm diese Möglichkeit in Kauf. Es war mir scheißegal. Unzählige Stiefel trafen immer wieder meinen Körper und meinen Kopf. Dann wurde alles dunkel.

Als ich wieder zu mir kam, lag ich auf den Stufen vor unserem Haus. Es wurde bereits hell. Ich hatte überall heftige Schmerzen, und ich konnte nur mit einem Auge etwas sehen. Meine Nase war gebrochen, ebenso einige Finger, Zähne fehlten. Ich nahm eine Platzwunde über dem rechten Auge wahr. Als ich sie befühlte, verschwanden meine Finger in der klaffenden Wunde, so tief war der Riss. Ich musste viel Blut verloren haben, es klebte überall, vom Hals abwärts bis zum Hosensaum.

Keine Ahnung, wie ich nach Hause gekommen war. Langsam schleppte ich mich zur Haustür. Es dauerte Ewigkeiten, bis ich das Türschloss aufbekam. Ich kroch über den Flur, zog mich Zentimeter für Zentimeter an den Teppichrändern und Fußleisten vorwärts, immer weiter, bis ins Wohnzimmer. Mutter sollte mich dort finden, sie sollte meine schweren Verletzungen sehen. Das war der Plan. Ich wünschte mir, sie käme heim, würde mich umsorgen und pflegen und mit mir meinen Geburtstag nachfeiern. Allein diese schöne Vorstellung war alle Schmerzen, alle Entbehrungen wert.

Bei dem Versuch, mich auf das Sofa zu ziehen, auf dem Mutter sonst oft lag, spürte ich plötzlich einen stechenden Schmerz, und mir wurde bewusst, dass es auch meine Rippen erwischt hatte. Die Jungs von der Straße hatten ganze Arbeit geleistet. In den Spiegel würde ich lieber nicht sehen. Ich fühlte, wie sich die losen Rippen an meiner Lunge rieben und bekam kaum Luft. Blut lief mir erneut aus dem Mund, und die Schmerzen waren unerträglich. Aber ich hatte es fast geschafft, und wenn ich erst mal auf den Sofapolstern liegen würde, bräuchte ich ja nur zu warten bis Mutter käme.

Ich schlief stundenlang und hatte stechenden Durst, als ich wach wurde. Es war bereits wieder dunkel draußen. Albträume hatten mich aus dem ohnmachtsähnlichen Schlaf gerissen.

Die Schmerzen waren noch intensiver. Jeder Herzschlag gab einen neuen Schmerzimpuls, und meine gebrochenen Finger waren mittlerweile nicht mehr blau, sondern schwarz, die Verfärbung ging bis zum Ellenbogen. Bei jedem Atemzug pfiff es aus meinem Mund, und ich hatte das Gefühl, ersticken zu müssen.

Plötzlich verspürte ich einen kurzen Anflug von Panik. Gestern wäre mir mein Tod egal gewesen, irgendwo dort draußen auf der Straße. Aber jetzt war ich zu Hause, hatte es bis dorthin geschafft und fast erreicht, was ich wollte. Nämlich, dass Mutter mich so finden und hingebungsvoll pflegen würde, bis ich wieder gesund wäre.

Jedoch war von Mutter keine Spur zu sehen. Ich fühlte mich noch hilfloser, als vor dem Fenster der fremden Wohnung am Abend zuvor. Zusätzlich kam nun auch noch eine seltsame Traurigkeit dazu. Leider war die betäubende Wirkung des Wodkas längst verflogen.

Ich war zwar kein Kleinkind mehr, aber in dem Moment, dort auf dem Sofa, wollte ich Mitleid, wollte getröstet und umsorgt werden. Ich wollte, dass Mutter heimkäme, mir über das Haar strich und sagte: ›Mein armer Junge, was haben sie mit dir gemacht?‹

Ich wünschte mir, dass es nach jener grenzenlosen Enttäuschung durch die Kleine von der Gärtnerei, wenigstens noch eine Person gäbe, die etwas für mich empfand. Ich fühlte mich einfach nur elendig. Wie ein geprügelter Hund, den man im Regen stehen gelassen hatte. Ausgesetzt und vergessen.

Mein Durst zwang mich aufzustehen. Der Gedanke daran, machte mich nervös, denn mir wurde bewusst, dass dies mit erneuten Qualen verbunden wäre. Ich fiel mehr vom Sofa, als dass ich mich davon erhob und kroch die ganze Strecke durch das Wohnzimmer, bis hinüber in die Küche. Wobei mir hämmernde, pochende Schmerzen am ganzen Körper, die Tränen in die Augen trieben.

Als Mutter dann tatsächlich, nach ewiger Zeit des Wartens, nach Hause kam, war ich gerade dabei, mich am Küchenstuhl hochzuziehen, um an den Kühlschrank zu gelangen, der in so unerreichbarer Höhe schien. Ich hörte sie reden, aber mein letzter Funke Hoffnung wurde jäh zerstört, denn sie sprach nicht zu mir, sie hatte jemanden mit nach Hause gebracht. Es war die Stimme eines Mannes, die ich im Flur vernahm. Sie lachten. Beide! Ich ließ mich fallen und landete hart auf dem kalten Küchenbo-

101

den. Ich zog mich unter den Küchentisch, als die Tür aufflog und die beiden, scheinbar angetrunken, in die Küche kamen. Sie gingen weiter ins Wohnzimmer, blieben dort aber nicht, denn die nächste Tür führte in Mutters Schlafzimmer. Es dauerte nicht lange, bis ich hören konnte, was sie so eilig ins Schlafzimmer gezogen hatte. Ich krümmte mich vor Schmerz unter dem Küchentisch zusammen. Aber es waren in diesem Fall nicht die körperlichen Wunden, die mich auf den kalten Fliesen kauern ließen. Es war Herzschmerz. Verzweiflung. Einsamkeit und Verbitterung. Ein weiteres Mal erlitt ich eine Niederlage. Diese Situation war noch unerträglicher, als die am vorherigen Abend, nun hatte ich keine Möglichkeit, der Lage zu entkommen. Wo sollte ich denn hin? Und vor allem, wie? Ich war schwer verletzt, jede Bewegung verursachte weitere Schmerzen und obendrein quälte mich der Durst. Gezwungenermaßen blieb ich liegen und ließ es über mich ergehen. Das Stöhnen meiner Mutter, welches unaufhörlich zu mir in die Küche drang, war unerträglich und fühlte sich schlimmer an, als jeder Schlag, den ich am Tag vorher auf der Straße bekommen hatte.

Besiegt verharrte ich unter dem Tisch, mit gebrochenen Fingern, einer gebrochenen Rippe, einem zertrümmerten Jochbein, einem Nasenbeinbruch, etlichen Prellungen und drei ausgeschlagenen Zähnen. Das Letzte, an das ich dachte, bevor ich wieder in einen Schlaf fiel, der einer Ohnmacht glich, war die Tatsache, dass ich keine Zuwendung bekommen würde. Ich schwor mir, dass ich nie wieder Gefühle dieser Art an mich heranlassen würde. Ich schloss meinen eigenen Pakt. Nie wieder wollte ich eine Niederlage erleben oder abgewiesen werden. Von diesem Zeitpunkt an, wollte ich keinerlei Gedanken mehr an Glück und Hoffnung verschwenden. Ab jetzt sollte die ganze Welt meine dunkelste Seite zu spüren bekommen. Ich entsagte Gott und allem, was man als gut und schön bezeichnete. Ich strich es ganz einfach von meiner Liste. Genauso, wie den Wunsch nach einer glücklichen Beziehung zu einer weiblichen Person. Außerdem wollte ich nie wieder Geburtstag haben, also löschte ich auch mein Geburtsdatum aus meinem Bewusstsein. All dieses beerdigte ich dort unter dem Küchentisch, während sich Mutter im Schlafzimmer, bei offener Tür, mit einem fremden Kerl vergnügte und sich einen verdammten Dreck um mich scherte.

Ab jetzt ließ ich die Tür zu dem Keller, in dem die bösartigsten Dämonen lauerten, offen stehen. Ich war so voller Wut und Enttäuschung. Solche Demütigungen wollte ich nicht länger hinnehmen. Nie wieder! Ab jetzt wollte ich die Welt mit allem Bösen übersäen, das mir zur Verfügung stand. Mit Tod und Verderben!

Der bittersüße Geschmack von aufkommender Rachelust war mein Begleiter in einem tiefen Schlaf.«

Kapitel 6
Der Entschluss

Raimond Saller atmete tief ein und hielt dann die Luft an. Zehn Sekunden, fünfzehn, zwanzig. Dann pustete er den Sauerstoff in einem Stoß aus. Seine Knie zitterten, und er streckte die Arme seitlich aus, um das Gleichgewicht zu halten. Er sah nur noch verschwommen, konnte die Tränen nicht unterdrücken. Nicht mehr. Vor ein paar Minuten hatte er schon einmal anfangen wollen zu weinen, aber da hatte er sich zusammengerissen und das Seil um den Deckenbalken gebunden.

Nicht daran denken. Einfach machen. Nicht daran denken. Nicht daran denken!

Aber es fiel ihm schwer, nicht daran zu denken, was ihn jetzt gleich erwarten würde. Das Seil war nun fest verknotet, die Schlinge hatte er schon vorher unten im Wohnzimmer geknüpft. Das hatte er sich allerdings leichter vorgestellt, es hatte fast eine halbe Stunde gedauert, bis er eine Schlinge geknotet hatte, die den kommenden Zweck erfüllen würde.

Jetzt stand er auf einem Hocker unter dem Eichenbalken und hatte die Schlinge um den Hals gelegt.

Es war kalt auf dem Dachboden, und er hätte im Leben nicht daran gedacht, dass er seines dort oben beenden würde.

Seine Gedanken drehten sich im Kreis, unaufhörlich, unkontrolliert und fanden keine zusammenhängenden Verbindungen. Das Unterbewusstsein war in höchster Alarmbereitschaft, das Adrenalin, welches jetzt in Unmengen in die Blutbahn von Dr. Saller gepumpt wurde, ließ kein rationales Denken zu. Vielmehr kam ihm in den Sinn, dass er den Dachboden nicht aufgeräumt hatte. Er fragte sich, wer ihn wohl finden würde und ob er, nachdem es getan war, Jasper Purwind wiedersehen würde. Der Geist dieses Patienten hatte ihn nun mehr als zwanzig Jahre verfolgt und niemals von ihm abgelassen. Es war ein Fluch. Jasper Wladimir Purwind. Aber es spielte keine Rolle mehr. Raimond Saller hatte einen Entschluss gefasst. Er wollte den Zeitpunkt seines Ablebens selbst bestimmen. Der Tod sollte ihn nicht an der Kasse im Supermarkt überraschen. Auch nicht auf der Toilette oder auf der Straße.

Es ist möglich, dass Sie enorme Schmerzen bekommen, kurz bevor der Gehirntumor ihren Tod herbeiführt. Oder dass Sie vorab erblinden. Das kann man in Ihrem Fall nicht vorhersagen. Es kann sehr schnell gehen, innerhalb von Minuten vielleicht, aber es könnte sich auch über Stunden, im schlimmsten Fall, über mehrere Tage hinziehen. Das hängt von Ihrer physischen Verfassung ab.

Diese Äußerungen seines Arztes hatte Saller erst richtig gedeutet und verstanden, als er schon wieder zu Hause war. Daraufhin hatte er alle möglichen Szenarien durchgespielt. Letztendlich waren diese Überlegungen ausschlaggebend gewesen für seinen Entschluss, den Freitod zu wählen. Daheim, unbemerkt. Er wollte nicht, vor Schmerzen schreiend, mit dem Kopf gegen eine Hauswand rennen. Genauso wenig wollte er sich bei seinem morgendlichen Spaziergang in die Hose machen oder plötzlich erblinden, um dann orientierungslos und hilferufend durch die Gegend zu irren. Diese Vorstellungen waren für ihn noch entwürdigender gewesen, als der Selbstmord durch Erhängen, und somit hatte es keine andere Option mehr gegeben.

Erneut hielt er die Luft an, zwang sich, von dem wackeligen Hocker zu springen, aber das Unterbewusstsein und der Lebenswille waren schwierige Gegner.

Er weinte bitterlich, ohne es wahrzunehmen.

Sein Körper zitterte, er dachte ein letztes Mal an den jungen Mann, den er nie kennengelernt hatte. Damals in Polen. An den Mann, durch dessen Hinweis Jasper Wladimir Purwind zur Strecke gebracht werden konnte und dem er heute Morgen ein Paket in dessen Wahlheimat Kalifornien geschickt hatte.

Ein letztes Mal. Dann ist es vorbei. Aus. Dunkel.

Spring. Halt die Luft an und spring. Es ist gut so.

Spring. Jetzt!

Und Raimond sprang. Das dicke Tau gab ein surrendes Geräusch von sich, als es sich unter dem plötzlich auftretenden Gewicht von Sallers Körper spannte.

Durch den Reflex auf die sich zuziehende Schlinge, biss er sich mit solcher Wucht auf die Zunge, dass das Blut aus seinem Mund spritzte. Den stechenden Schmerz der abgetrennten Zungenspitze, die wie

106

ein Stück Gulasch aus seinem Mund fiel, spürte er nicht.

Todeskampf!

Seine Augen traten aus den Höhlen, der Körper wand sich. Seine Hände griffen nach dem Leben, öffneten und schlossen sich, griffen ins Leere. Im Großhirn zuckten die ersten Blitze und Granaten detonierten.

Todeskampf!

Er tanzte, zuckte, drehte sich um die eigene Achse, während ein gurgelndes Geräusch seinen Mund verließ. Blut tropfte über sein Kinn, spritzte in kleinen Tropfen auf die staubigen Dielen des Dachbodens. Atemnot. Das Herz begann immer schneller zu schlagen.

Todeskampf!

Sekunden wurden zur Ewigkeit, Gedankenblitze überschlugen sich. Raketen explodierten im Gehirn. Bilder seines Lebens tauchten auf und verschwanden im Millisekundentakt, während ihm Urin an den Beinen hinuntertropfte. Grelles Licht. Fratzen des Todes. Schwarz und rot. Saller schnappte nach Luft. Wie ein Fisch auf dem Trockenen.

Todeskampf!

Sein Herz pumpte und pumpte. Schneller. Immer schneller. Arme flatterten. Beine traten. Es gab keinen Sauerstoff. Eine Stimme. Nerven schrien. Noch war der Kampf nicht vorbei, obgleich der Tod der sichere Sieger sein würde.

Dreißig Sekunden. Fünfzig. Sechzig.

Todeskampf!

Das Unterdrücken der Automatismen, des autonomen Überlebensinstinkts. Zwecklos. Hilflos versuchten seine Hände die Schlinge um seinen Hals zu ergreifen, zwischen Seil und Kehle zu gelangen, Luft zu bekommen, am Leben zu bleiben. Das Herz raste mit zweihundert Schlägen pro Minute, suchte verzweifelt und vergebens nach Sauerstoff im Blut.

Todeskampf!

Saller verlor beide Schuhe, als sich sein Körper unkontrolliert und immer heftiger gegen den nahenden Tod zur Wehr setzte. Siebzig Sekunden.

Todeskampf!

Sirenen sangen in seinem Kopf. Blitz und Donner wüteten. Sicherungen barsten. Nervenenden starben. Synapsen verglühten.

Die Musik wurde leiser. Das Abwehrverhalten weniger. Die Bewegungen langsamer. Neunzig Sekunden.

Kein Todeskampf mehr.

Jetzt war auf dem kalten Dachboden nur noch das leise Knarren des Seils zu hören, das durch das Gewicht des leblosen Körpers am Dachbalken scheuerte.

Es war vorbei.

Kapitel 7
Die Rückkehr Teil 4

Im Angesicht des Todes lassen wir unsere Hüllen fallen, zeigen uns nackt und ungeschminkt. Die letzte Maske fällt, wenn der Impuls des nahenden Endes die noch aktiven Zellen des Gehirns zu jämmerlichem Widerstand peitscht, obgleich der Kampf verloren ist. Dann werden wir wieder Kind, hilflos und weinerlich, unzensiert und von grauenhafter Ehrlichkeit.

Ich genieße diesen letzten Moment, wenn ich in den Augen meiner Opfer die Gewissheit des nahenden Todes erkenne und sie flehend um Rettung betteln, während sie sich so geben, wie sonst noch niemals zuvor.

Aber der Tod gewinnt. Immer.

J.W.P.

»Mutter und dieser Kerl fanden mich irgendwann in der Küche und brachten mich in ein Krankenhaus, wo man sich um mich bemühte und wieder zusammenflickte. Von alldem bekam ich nichts mit, denn ich war über längere Zeit tatsächlich ohnmächtig gewesen.

Die Verletzungen erwiesen sich als nicht lebensgefährlich, und ich verließ das Krankenhaus, bevor ich die offizielle Erlaubnis zur Entlassung hatte. Mutter bekam ich gar nicht zu Gesicht.

Einige Wochen später ging es mir wieder gut. Körperlich. Ich hatte meinen Schwur im Kopf, meinen ›Ein-Mann-Pakt‹ und wollte ihn in die Tat umsetzen. Tod und Verderben für diese abweisende, kaltherzige Welt.

Mir war klar, dass sich mein unbändiger Zorn jetzt mehr und mehr gegen unbestimmte Personen richten würde. Es könnte jeden treffen, aber es war mir völlig egal. Ich legte einfach einen Schalter in meinem Kopf um und schaltete alles Menschliche in mir aus. Fertig.

Zu jenem Zeitpunkt entwickelte ich auch diese seltsame Eigenart des Obstdrückens. Sobald mich im Supermarkt ein Wutanfall überkam, ging ich in die Obstabteilung und drückte meine Daumen unauffällig in die ausgelegten Früchte. Das Gefühl dabei war so toll, dass meine Wut nachließ.

Es gab ja noch eine zweite Möglichkeit, meinen Drang nach Zerstörung etwas zu bändigen. Erfahrungsgemäß blieben meine Dämonen für eine Weile ruhig, wenn ich mich zu Mutter ins Bett legte, während sie schlief. Sie hatte es wegen ihrer ständigen Volltrunkenheit bisher nie gemerkt. Ich musste ihr einfach immer nur genug Wodka hinstellen, damit ich zu ihr ins Schlafzimmer gehen konnte. Den Gedanken, sie würde jemals wieder ohne Alkohol auskommen, hatte ich längst begraben.

Ich war oft lange neben Mutter liegengeblieben, hatte sie in den Arm genommen und mir eingebildet, dass alles gut wäre. Wenn ich nackt neben ihr gelegen hatte und sie so friedlich schlief, war es mir auch nicht schwergefallen, das beruhigt zu glauben. Sobald ich dann bemerkt hatte, dass sie kurz davor war, aus ihrem Schlafkoma zu erwachen, war ich schnell aus dem Schlafzimmer verschwunden. Ich dachte wirklich, dass diese Bettsache immer so weitergehen würde.

Aber dann starb Mutter. Durch meine Hand. Es passierte einfach.

Sie wurde wach, als ich gerade auf ihr lag und sie innig liebte. Ich war in einer anderen Welt, alles war perfekt und so unbeschreiblich schön, daher registrierte ich ihr Aufwachen dieses Mal zu spät. Mutter öffnete die Augen und lächelte mich an, aber nur kurz, dann erkannte sie die Situation. Sie wurde wütend und irgendwie ängstlich zugleich. Trotzdem machte ich weiter, sagte ihr immer wieder, wie sehr ich sie liebte. Sie fing an zu kreischen und wild um sich zu schlagen. Während ich sie mit aller Gewalt festhielt, brüllte sie mich an, dass ich aufhören sollte und schrie noch zusätzlich laut um Hilfe. Da kamen augenblicklich meine Dämonen zurück. Ich nahm das Kopfkissen und drückte es ihr auf das Gesicht. Ich genoss es, als sie ihr Becken hochstemmte und sich verzweifelt aufbäumte. Ich kam, ohne mich selber zu bewegen. Heftiger als je zuvor.

Nachdem sie aufgehört hatte zu schreien und zu zappeln, flüsterte ich ihr einen letzten Satz ins Ohr: ›Ich liebe dich, Mutter, aber die Rache ist mein.‹

Ich nahm das Kissen von ihrem Gesicht und schaute sie an. Sie sah im Tod aus, als würde sie ganz friedlich schlafen.

Ich blieb in dieser letzten Nacht lange bei Mutter. Ich hielt sie im Arm, sang ihr ein Schlaflied und erinnerte mich zurück, an all die schrecklichen Dinge, die in den letzten Jahren passiert waren.

So gesehen, hatte ich sie erlöst. Das war doch für sie kein Leben gewesen.

Bekanntlich musste ich dann die Gegend, in der ich aufgewachsen war, verlassen, bevor mich das Jugendamt ins Heim schicken konnte.

Aber vorher hatte ich mich ja auch noch an dem widerlichen Marktleiter gerächt. An seine Todesschreie im Feuer dachte ich noch oft zurück.

Ich zog durchs Land, schlief viel im Freien und unter Brücken. Bei zu schlechtem Wetter suchte ich geschützte Plätze auf, Garagen oder alte Autos.

Nachts zog ich regelmäßig los, um zu morden. Ich lebte meinen Zorn und meine unbändige Wut ausgiebig aus.

Zu der Zeit stellte ich mich in dunkle Hauseingänge, um unbemerkt Passanten zu beobachten. Sie gingen an mir vorbei, ohne zu ahnen, dass sie gerade knapp dem Tod entgangen waren. Manchmal. Meistens waren sie ihm nicht entkommen.

Als ich älter wurde, suchte ich mir manchmal einen Aushilfsjob. Ich schleppte Kisten und half auf Baustellen, um ein bisschen Geld zum Leben in der Tasche zu haben. Ich ließ mir meinen Lohn immer bar auszahlen und zog nach einer Weile weiter. In eine andere Stadt. Einfach irgendwohin.

Wann immer die Wut in mir zu stark wurde, tötete ich wahllos Menschen. Ich musste es tun, wollte der Welt das Böse zurückgeben. Mich interessierte nicht, wer oder wann oder wo. Wenn sich die Gelegenheit ergab, schlug ich zu. Oder besser gesagt, drückte ich zu. Mit den Daumen. Diese vom Obstdrücken übernommene Technik bei meinen Morden anzuwenden, befriedigte mich immer wieder aufs Neue. Ich drückte unzähligen Opfern mit meinen Daumen die Augen aus den Schädeln.

Nur einmal wich ich von meiner gewohnten Vorgehensweise ab. Ich stand mal wieder nachts in irgendeiner Stadt in einem Hauseingang und lauschte auf die Schritte von herankommenden Personen. Mittlerweile erkannte ich ein geeignetes Opfer am Gang, ich hatte auch ein gutes Gehör dafür entwickelt, ob es die Schritte einer Frau oder eines Mannes waren.

In dieser Nacht konnte ich eine Frau näherkommen hören. Mittleres Gewicht. Flache Schuhe ohne Absätze. Aber da war noch etwas Irritierendes. Ein merkwürdiges Geräusch, während sie herankam. Ein schleifendes Geräusch, das ich nicht kannte, nicht zuordnen konnte. Ich blieb dicht an die Hauswand gedrückt stehen und platzte fast vor Neugier. Ich hatte keine Ahnung, was das war. Als sie dann an mir vorbeiging, klärte es sich. Das war ein Blindenstock, mit dem sie vor sich hin und her wischte, um Hindernisse wahrzunehmen. Die Frau war blind! Ich brauchte mich also gar nicht zu verstecken. Leise schlich ich ihr hinterher und versuchte mir vorzustellen, wie es wohl wäre, nichts sehen zu können. Ich selbst würde damit nicht zurechtkommen.

Aber der Gedanke, dass diese Frau mich auf keinen Fall sehen konnte, faszinierte mich.

Noch aufregender, als in dunklen Hausnischen auf Opfer zu lauern, war das Verfolgen von Personen über längere Strecken, ohne dass sie es bemerkten. Es erinnerte mich immer an den Tag, an dem ich Mutter heimlich nachgestellt hatte.

Auch jetzt kam die Erinnerung daran wieder hoch, ich hatte mir zwei Finger gebrochen, von denen einer schief zusammengewachsen war. Unwillkürlich blickte ich auf meine Hand herunter und wäre in dem Moment beinahe gegen die Frau gelaufen. Sie schien etwas bemerkt zu haben und war stehen geblieben. Sie drehte sich um und fragte: ›Ist da jemand?‹ Ich blieb schlagartig stehen und rührte mich nicht mehr. Es war totenstill. Wir standen uns auf einen Meter Entfernung gegenüber! Sie fuchtelte mit ihrem Stock herum, als suchte sie nach etwas und hätte mich fast damit berührt. Ich musste einen kleinen Schritt zurücktreten, um nicht getroffen und somit bemerkt zu werden. Sie blieb, bestimmt eine Minute lang, direkt vor mir stehen, als könnte sie mich sehen. Ich bewegte mich nicht, war wie erstarrt und wagte kaum zu atmen. Eine Minute konnte wie eine Ewigkeit sein. Ich schaute nur vorsichtig aus den Augenwinkeln, ob jemand in der Nähe war und uns sehen könnte. Doch es war zu dunkel, um etwas zu erkennen. Für die Frau war es sowieso immer nachtschwarz, sie wandte sich zum Glück wieder ab und setzte ihren Weg fort.

Ich folgte ihr weiterhin und sah sie, nach einer Weile, durch einen Torbogen in einen Hinterhof einbiegen. Sie ging auf eine Treppe zu, deren Stufen hinabführten zu einer Wohnung, die halb im Keller lag. Von solchen Wohnungen gab es in unserer Gegend damals viele. Ich schaute von oberhalb der Treppe zu, wie sie vor der Eingangstür stand, den Schlüssel aus ihrer Tasche herauskramte und dann aufschloss. Das wirkte, als wäre sie nicht blind und könnte das Schlüsselloch sehen, weil sie recht schnell in der Wohnung verschwand.

Ich hielt mich in den kommenden Tagen öfter in der Nähe dieser Wohnung auf, um die Frau weiter im Auge zu behalten. Auf der gegenüberliegenden Straßenseite gab es eine kleine Kneipe, ein Bistro. Dort setzte ich mich in regelmäßigen Abständen hinein und bestellte etwas. Von hier aus konnte ich genau durch die Einfahrt auf das Haus der Frau sehen und beobachten, ob und wann sie aus dem Haus ging. Ich wollte auch wissen, ob dort noch jemand wohnte oder sie besuchen kam. Es dauerte ein paar Tage, bis ich die Frau ihre Wohnung verlassen sah, denn ich konnte mich ja nicht Tag und Nacht in der Kneipe aufhalten. Es war später Nachmittag, als sie durch die nächste Durchfahrt auf der anderen Seite verschwand. Ich bezahlte schnell, begab mich zügig hinüber in ihren Hinterhof, stieg die Treppenstufen zu ihrer Wohnung hinab und schaute mich unauffällig um. Dadurch, dass dieser Eingang etwas tiefer lag, konnte er schlecht eingesehen werden. Diese Deckung kam mir sehr entgegen, als ich das kleine Fenster neben der Eingangstür aufbrach. Entsprechende Utensilien hatte ich mir mitgebracht, ich schraubte einen Haken in die Mitte des Fensterrahmens und hebelte mit einem Schraubenzieher den ganzen Rahmen etwas nach oben. In dem Moment das ganze Ding aus den Angeln fiel, konnte ich das Fenster an dem Schraubhaken halten und somit verhindern, dass es nach innen fiel und kaputt ging. Das Ganze funktionierte schnell und geräuschlos, sodass ich sofort ins Haus einsteigen konnte, ohne dass mich jemand sah. Ich landete in einem kleinen Toilettenraum, hängte das Fenster vorsichtig wieder ein, und schon deutete nichts mehr auf meinen Einbruch hin.

Anschließend inspizierte ich die Wohnung, sie war klein und alt, nicht sehr hochwertig eingerichtet. Ich erkannte sofort die ärmlichen Verhältnisse, aber das war auch kaum verwunderlich. Womit sollte die Frau Geld verdienen? Eine Frage, die ich ihr später stellen wollte, in der Hoffnung, etwas Genaueres zu erfahren.

Ich öffnete Schränke und Schubladen. Es gab nichts, was mich sonderlich interessiert hätte, aber der

Gesamteindruck dieser Wohnung gefiel mir, denn trotz der spärlichen Einrichtung, strahlte sie eine gewisse Gemütlichkeit aus. Das brachte mich auf die Idee, für ein paar Tage dort zu bleiben. Es war warm, trocken und soweit ich das, bis dahin, beurteilen konnte, relativ sicher. Ich schmiedete mir einen Plan zurecht, während ich meine Schuhe auszog, um das einfache Bett im Schlafraum auf Liegekomfort und Größe zu testen. Denn für die nächsten Tage würde es für zwei Personen reichen müssen. Ich legte mich hinein, mein Kopf fiel in das weiche, wohlriechende Kissen, und ich fühlte mich herrlich geborgen. Dieses Bett würde genug Platz für mich und die blinde Frau bieten. Der Gedanke an die kommenden Tage entspannte mich, und ich musste aufpassen, dass ich nicht einschlief.

Ich dachte an Essen, eine warme Suppe und eine gute Unterhaltung in angenehmer Atmosphäre, als ich sie zurückkommen hörte.

Mir blieben etwa zehn, fünfzehn Sekunden, um in meine Schuhe zu schlüpfen und mich mit ein paar schnellen Schritten in den vorderen Flur zu begeben, bevor die Frau durch die Wohnungstür eintrat. Bei ersten Beobachtungen eines neuen Ortes, merkte ich mir immer die Dauer solcher Abläufe.

Mein Zeitplan passte perfekt. In dem Augenblick, als ich mich in die Ecke hinter der Eingangstür drängte, ging diese auf und ließ mich verschwinden. Obwohl mir bewusst war, dass sie mich nicht sehen konnte, überwog der Reflex, sich in einer fremden Wohnung zu verstecken, wenn jemand den Raum betrat. Ganz gleich, ob derjenige blind war oder nicht. Ich spähte mit einem Auge um die schützende Tür herum. Würde sie mich spüren? Riechen? Mich atmen hören? Beim Orten von Tönen sollen Blinde ja tatsächlich viel besser sein, als Menschen mit intaktem Sehvermögen.

Sie schloss die Tür hinter sich, zog ihren Mantel an einer kleinen Garderobe aus und ging in die Küche. Meine Zähne wollten anfangen zu mahlen, ich hatte heftig damit zu kämpfen, dies zu unterbinden, und es gelang mir nur, indem ich meinen Mund leicht öffnete.

Nun stand ich hinter der Küchentür, den Mund zu einem stummen Schrei aufgerissen, während die Frau eine Tasche mit Lebensmitteln auf den Tisch stellte. Das passte mir gut, denn ich war hungrig, und sie würde bestimmt etwas zu essen für mich zubereiten, später. Es war aufregend, sie zu beobachten und zu wissen, dass sie mich nicht sehen konnte. Obgleich ich mir geschworen hatte, nie wieder etwas mit Frauen anzufangen, war ich erregt. Das irritierte mich zwar, aber ich genoss es. Ich liebte dieses Gefühl von Erhabenheit. Von Kontrolle. Ich war ganz ruhig. Mein Puls beschleunigte sich nicht. Meine Atemfrequenz war niedrig. Zeitweise hielt ich immer wieder die Luft an, damit sie nicht auf mich aufmerksam wurde. Dann trat ich ganz langsam, Stück für Stück, hinter der Tür hervor und gab meine Deckung auf. Allein um auszutesten, was passieren würde. Ich wollte die Situation dadurch noch verschärfen. Den Reiz erhöhen. Während die blinde Frau ihren Gewohnheiten nachging, schaute ich ihr mit unvorstellbarer Spannung zu. Sie fing damit an, die Sachen aus der Tüte zu nehmen und in die Schränke zu sortieren. Sie wirkte, als wäre sie gar nicht blind. Jeder Handgriff passte. Sie musste nie nachgreifen oder einen Knauf am Schrank ertasten. Nichts verfehlte seinen Platz. Die Frau ging in der Küche auf und ab, vorbei an den Stühlen und dem Tisch, als würde sie all die Dinge dort im Raum sehen können. Nur mich nicht. Da war sie ahnungslos. Ich stand nur da und dachte an meinen Plan.

Als ich in ihrer Abwesenheit die Wohnung durchsucht hatte, hatte ich einen ihrer Kochlöffel eingesteckt, und nun ging mein geplantes Vorhaben auf. Indem sie den Raum verließ, bekam ich die Möglichkeit, schnell die Zwischentür im Flur zu schließen und den Löffel unter das Türblatt zu keilen. Nur eine Vorsichtsmaßnahme, falls sie versuchen sollte, die Wohnung zu verlassen. Man konnte ja nie wissen.

Anschließend setzte ich mich auf einen der Stühle am Küchentisch und wartete darauf, dass die Frau wieder in die Küche zurückkehrte. Ich lauschte. Ab und an, konnte ich aus den hinteren Räumen etwas hören. Ein Kramen. Ein Klopfen. Ein Räuspern. Aber nur ganz leise. Ich musste mich enorm anstrengen, um sie dort hinten wahrzunehmen.

Im rückwärtigen Bereich der Wohnung lagen das Schlafzimmer mit dem Bett, in dem ich die kommenden Nächte verbringen wollte und ein kleiner Raum, der einer Vorratskammer glich. Dort standen ein Bügelbrett, Pappkartons, einige Bilderrahmen und ein paar Stiefel. Größe achtunddreißig. Weiterhin gab es ein Badezimmer, auch sehr klein, aber mit einer Dusche. Ich würde duschen können. Links von mir, befand sich noch dieser Toilettenraum, durch dessen Fenster ich in die Wohnung gelangt war.

Ich wusste nicht genau, in welchem Raum sich die Frau im Moment aufhielt. Ich lauschte weiter, sah mich dabei in der Küche um und dachte darüber nach, wie sie reagieren würde, wenn ich ihr meine Anwesenheit offenbarte. Ich wollte sie ja nicht zu Tode erschrecken.«

Kapitel 8
Der Inhalt

Zuerst fiel Juri der große Umschlag auf. Er sah gelblich aus, wirkte alt und zerschlissen. Dahinter steckte ein kleinerer Briefumschlag, so verknittert, als hätte ihn jemand über längere Zeit bei sich getragen.

Die Umschläge tauchten in dem Paket zwischen Verpackungsmaterial auf, das aussah wie Kartoffelchips, nur eben nicht essbar war, sondern aus einer Art Styropor. Es sollte den Inhalt auf der langen Reise schützen.

Der Karton hatte die Form eines Würfels, die Seitenlängen bemaßen etwa dreißig Zentimeter.

Juri musste an ein Postpaket denken, welches sein Vater, vor einigen Jahren, an Jason in die USA geschickt hatte. Es hatte die gleiche quadratische Form gehabt.

Jason hatte seinen Motorradführerschein bestanden und Grandpa Gordon schickte ihm daraufhin, zur Belohnung, den alten Mopedhelm, den er selbst als junger Mann getragen hatte. Damals in Polen. Dieser Helm wäre der sicherste und robusteste Kopfschutz für seinen Enkel, und es würde in den gesamten Vereinigten Staaten keinen besseren Motorradhelm zu kaufen geben, stand in den Zeilen, die Juris Vater dazugeschrieben hatte.

Jason hatte sich, in einem teuren Überseetelefonat, brav beim Grandpa bedankt und ihm zugesichert, diesen Sturzhelm immer zu tragen. Direkt im Anschluss an das Gespräch stellte er das gute Stück in die große Glasvitrine – in der auch schon andere Erinnerungen aus der alten Heimat lagen –, setzte sich seinen Fünfhundert-Dollar-High-Tech-Helm auf und brauste auf seiner schweren Maschine davon.

Juri musste bei diesen Erinnerungen schmunzeln. Er vergaß, für ein paar Sekunden, das eigene Paket, das nun geöffnet vor ihm im Wohnzimmer stand und von dem er nicht wusste, wer es ihm geschickt hatte.

Er dachte an die Zeit zurück, als er noch Student war und in einer kleinen Ein-Zimmer-Wohnung an seinen Erfindungen getüftelt hatte. Mit gebrauchten Komponenten aus alten Fernsehgeräten und Röhrenradios.

Sein Vater hatte ihm damals alles besorgt, was er für die Arbeiten benötigte, um seine kleinen Erfindungen entwickeln und bauen zu können. Elektrische und elektronische Bauteile, Halbleiter, Dioden. Derartige Teile hatte es im damaligen kommunistischen Polen nicht oder nur sehr begrenzt gegeben.

Durch Vater Gordons Vermittlung, brachte der Fahrer einer Spedition aus Deutschland – gegen ein kleines Dankeschön in Form von Wodka –, diese Waren aus dem Nachbarland mit. Ansonsten wäre Juri niemals zu diesem Leben, zu diesem Aufstieg gekommen. Er hatte all das, was er sich hier in Kalifornien aufgebaut hatte, einzig und allein der Hilfe seines Vaters zu verdanken.

122

Heute war er davon überzeugt, dass die Erziehungsmethoden, die er damals in Frage gestellt hatte, die richtigen gewesen waren.

Juri versank in Erinnerungen an alte Tage und wurde traurig. Er vermisste seinen verstorbenen Vater sehr, und jetzt musste er auch noch an seine Mutter denken. Die Tatsache, dass seine Mutter jetzt alleine dort drüben in Europa war, machte ihn noch betrübter. Weit weg von ihm und seiner Familie. Er wünschte, sie wäre seiner Bitte, zu ihnen zu ziehen, nachgekommen. Aber Alenka hatte nur geantwortet: »Jurek, Junge. Was soll ich in Amerika? Hier ist meine Heimat. Hier bin ich deinem Vater nah, kann zu ihm ans Grab gehen. Hier gehöre ich hin. Nicht nach Amerika.«

Er rieb sich die Augen und war verwundert, denn so kannte er sich gar nicht. Natürlich dachte er oft an seine Eltern, aber selten hatte ihn das so berührt.

Still saß er da. Minutenlang. Dann sah er zu dem verknitterten Briefumschlag, der vor ihm auf dem Tisch lag. Ein normaler, länglicher Umschlag. Ohne eine Aufschrift. Kein Absender. Nichts. Er war vom Adressanten einfach mit in das Paket hineingelegt worden. Juri konnte sich keinen Reim auf diese Postsendung machen.

Er öffnete den Briefumschlag mit den Händen, indem er den Rand vorsichtig mit den Fingern aufriss und zog ein doppelseitig beschriftetes Blatt Papier heraus. Nachdem er die ersten Zeilen gelesen hatte, erkannte er, dass es um etwas längst Vergangenes

gehen musste, denn der Brief begann mit den Wor-
ten: »Sehr geehrter Herr Dabrowski, es sind nunmehr über zwanzig Jahre vergangen ...«

Juris Gedanken überschlugen sich, er hielt inne,
drehte reflexartig den Brief um und las den Namen
des Absenders unterhalb der letzten Zeile.

Es traf ihn wie ein Schlag!

Kapitel 9
Die Rückkehr Teil 5

»Die Frau erschrak sich sehr, als ich sie unvermittelt mit einem freundlichen ›Guten Tag‹ begrüßte.

Zwar nicht zu Tode, aber dennoch so heftig, dass sie das Gleichgewicht verlor, taumelte und fast nach hinten umgefallen wäre, hätte dort, an der Stelle, nicht der Küchenschrank gestanden.

Sie knallte mit der Hüfte gegen die Ausbuchtung des Unterschranks. Ein Klirren der Gläser, die sich im oberen Teil des Küchenschranks befanden, war zu hören. Aber nur kurz, denn die blinde Frau fing an, laut zu schreien und zu jammern. Sie klammerte sich verzweifelt an diesem Schrank fest, als wäre sie damit auf offener See und das Möbelstück würde sie vor dem Ertrinken retten.

Ihr Kopf flog suchend hin und her, und sie begann, mit zitternder Stimme, Fragen zu stellen.

Wer ich wäre, woher ich käme, und was ich mit ihr vorhätte. Ich redete beruhigend auf sie ein und stellte sie vor die Wahl, entweder sie hörte auf zu schreien, dann würde ich sie nicht töten oder sie täte das nicht, dann würde ihr Leben keine zehn Sekunden mehr dauern. Das half, sie wurde ruhiger, zitterte nach einer Weile nicht mehr so heftig und weinte nur noch ein bisschen.

Sie jammerte aber ständig ›Bitte‹ und ›Bitte, nicht‹, das nervte mich gewaltig, es lenkte mich ab, dadurch konnte ich die Situation, dass sie so hilflos dastand und nicht wusste, was ich vorhatte, nicht richtig genießen.

Ich bat sie, sich zu mir an den Tisch zu setzen und sich zu beruhigen. Sie ahnte nicht, dass es in meinem Inneren brodelte und ich kurz davor war, ihr meine Faust in die Visage zu schlagen, damit sie endlich so nett wäre, mir zuzuhören.

Nachdem ich ihr ein Glas Wasser zu trinken gegeben hatte, wurde es besser, und ich konnte endlich anfangen zu erzählen. Ich sagte ihr, dass ich ein paar Tage bei ihr bleiben wollte und nur auf der Durchreise wäre.

Sie zitterte noch immer leicht, hatte Schwierigkeiten das Wasserglas zu halten, aber ich gab ihr ruhig zu verstehen, das wäre ganz normal und sie bräuchte das verschüttete Wasser erstmal nicht wegzuwischen.

Damit es keine unangenehmen Überraschungen geben würde, fragte ich nach Personen, die eventuell zu Besuch kommen könnten. Verwandte, Nachbarn, Postboten.

Die Frau musste zweimal neu anfangen zu sprechen, so durcheinander war sie. Aber ich ließ sie in Ruhe reden, schließlich musste ich genau wissen, was möglicherweise die nächsten Tage zu beachten wäre.

Während sie mir das Geforderte berichtete, hielt ich gleichzeitig nochmal die Räumlichkeiten der Küche in meinem Gedächtnis fest. Nur für den Fall der Fälle. Welches die richtige Schublade mit dem Besteck war, Messer, Gabeln ... Durch welche Tür man den Raum am schnellsten verlassen konnte, es gab drei davon. Welche würde sie nehmen, und wie würde ich sie daran hindern können? Diese Gedanken schossen mir automatisch durch den Kopf, ich spielte die Möglichkeiten durch, hörte ihr dabei aber weiterhin zu. Solange sie mir dort gegenüber auf dem Stuhl saß und recht ruhig war, konnte ich beides. Ihr Gehör schenken und die Lage sondieren.

Unser kleines Gespräch dauerte etwa eine halbe Stunde, anschließend lobte ich sie, denn immerhin war ich ihr fremd, und durch ihre Behinderung war die Situation für sie bestimmt noch schwieriger zu ertragen.

Als ich ihr sagte, dass sie ganz tapfer wäre und das toll machte, lächelte sie sogar fast. Das war ein gutes Zeichen, und ich war mir ziemlich sicher, dass ich dort ein paar Tagen bleiben könnte, ohne dass es Schwierigkeiten geben würde. Ich ahnte zu dem Zeitpunkt nicht, dass ich mich gewaltig täuschte.

Von all dem Gerede und Gezeter bekam ich Hunger, ich fragte die Frau – ihr Name war übrigens Liliana –, ob sie mir etwas zu essen machen würde und ob sie auch hungrig wäre.

Ich schlug ihr vor, dass wir doch gemeinsam etwas essen und uns dabei weiter unterhalten könnten, damit wir uns besser kennenlernten. Je schneller wir in die Alltagsroutine übergehen würden, desto eher würden wir uns an die neue Situation gewöhnen.

Sie war einverstanden, denn sie nickte. Zwar viel zu heftig und zu lange, aber es war für sie in Ordnung. Sie fragte mich, ob sie aufstehen dürfte, aber letztlich stand sie auf, ohne meine Antwort abzuwarten. Ich beobachtete sie, während sie mit dem Zubereiten anfing.

Frau Liliana erklärte mir, sie würde uns ein paar Kartoffeln abkochen und etwas Quark dazu reichen. Das fand meine Zustimmung, und plötzlich musste ich an meine Mutter denken. Wenn Mutter manchmal gekocht hatte, schaffte sie es tatsächlich, dass ihr die Kartoffeln anbrannten. Bitteschön, das waren Salzkartoffeln, in kochendem Wasser zubereitet! Wie, zur Hölle, konnten die anbrennen? Ich war mir sicher, dass es daran gelegen hatte, dass Mutter all die Jahre zu viel getrunken hatte und dadurch gar nicht in der Lage gewesen war, richtig zu kochen. Aus diesem Grund war ich ganz gespannt, wie die Kartoffeln von Frau Liliana werden würden. Wenn sie gelängen, hätte ich den Beweis, dass mein Verdacht, bezüglich Mutters Kochkünsten, zutreffend war.

Dadurch, dass ich tief in diese Gedanken versunken war, hatte ich nicht bemerkt, dass Frau Liliana ein großes Messer aus der Besteckschublade genommen hatte. Sie hielt es nun zitternd mit beiden Händen und fuchtelte damit vor sich herum.

Das war ein richtig großes Messer, sie weinte jetzt wieder, bat mich zu gehen und stach immer wieder in meine Richtung. Das verwirrte mich dermaßen, dass ich einen Moment unfähig war, mich zu bewegen. Die Spitze von diesem Riesenmesser war so dicht vor meinem Gesicht, dass sie fast meine Nase berührte. Ich hatte gedacht, zwischen uns wäre alles geklärt und es würde nun gekochte Kartoffeln mit Quark geben. Es ärgerte mich, dass sie eine Planänderung vorgenommen hatte. Ich konnte sehr ungehalten werden, wenn ich hungrig war.

Ich ließ mich ganz leise vom Stuhl rutschen und machte schnell einen weiten Schritt nach links. Sie bemerkte meine lautlosen Bewegungen nicht, sodass sie nun mit dem Messer weit an mir vorbeizielte, in die verkehrte Richtung.

Ich fragte sie daraufhin laut, was sie vorhätte. Sie war ganz verwirrt darüber, dass ich meine Position gewechselt hatte und nicht mehr dort saß, wo sie mich vermutete. Das fand ich irgendwie witzig, und meine Wut ließ ein bisschen nach. Sie war erschrocken zusammengefahren und drehte sich nun in meine Richtung. Aber genau in dem Moment machte ich zwei Schritte nach rechts, also genau entgegengesetzt und fragte sie erneut, was sie denn vorhätte. Ich bemerkte leichte Verzweiflung und erste Anzeichen dafür, dass sie erkannte, wie sinnlos es war, sich gegen mich zu stellen. Ich ließ sie nicht mehr aus den Augen, fixierte das Messer, ohne mich wirklich in Gefahr zu fühlen. Es war vielmehr ein Spiel. Zumindest für mich. Ich spielte mit ihr Katz und Maus, und es amüsierte mich ein bisschen. Aber nicht sehr lange. Denn als mir klar wurde, dass es vorerst nichts zu essen gäbe, kam wieder Wut in mir hoch. Aus diesem Grund schlich ich mich seitlich an sie heran, während sie immer heftiger mit dem Messer die Luft zwischen uns zerschnitt. Ich packte mit einem schnellen Griff ihr Handgelenk, und sie ließ das Messer vor Schreck fast von alleine fallen.

Ich hätte ihr gar nicht mehr ins Ohr zu brüllen brauchen: ›Lass das Scheißmesser fallen, wenn du noch eine Weile am Leben bleiben willst!‹

Während ich meinen Arm um ihren Hals schlang und sie kräftig zu mir zog, konnte ich Frau Liliana riechen. Sie duftete seltsam nach Blumen oder Kräutern. Es war ein so toller Geruch, dass mir kurz schwindelig wurde und ich dadurch auch nicht bemerkte, wie sehr sie jetzt wieder weinte. Für einen kleinen Moment überlegte ich, ob ich etwas mit ihr anstellen sollte. Das wäre ja ohne Probleme möglich, aber dann fiel mir mein Schwur wieder ein, und ich ließ es sein.

Die Kartoffeln lagen schon im Wasser, und deshalb bat ich sie erneut, sich mit mir an den Tisch zu setzen, um ihre Möglichkeiten noch einmal durchzugehen.

Dieses Mal war es ein ziemlich kurzes Gespräch, weil es nur zwei Möglichkeiten gab. Entweder sie täte das, was ich ihr sagte, in dem Fall wäre alles in Ordnung und ich nach ein paar Tagen wieder fort oder sie widersetzte sich dem Ganzen und müsste sterben. Ich gab ihr ein bisschen Bedenkzeit, weil sie recht durcheinander schien. Als sie sich gefasst hatte, versicherte sie mir, dass wir es so machen wollten, wie ich es geplant hatte. Während Frau Liliana wieder an den Herd zurückging, hob ich das Messer auf und versteckte es unter dem Küchenschrank.

Wir aßen später gemeinsam, sie etwas weniger als ich. Also fast gar nichts. Das fand ich sehr schade, denn ihr Essen war köstlich, und das ließ ich sie auch wissen. Ich wusste gar nicht mehr, wann ich das letzte Mal etwas derart Leckeres gegessen hatte. Ich war wirklich der Meinung, dass man einen so guten Quark nur selber zubereiten könnte, aber Frau Liliana sagte, dass sie ihn gekauft hätte. Das fand ich unglaublich, denn bei uns zu Hause hatte es niemals etwas vergleichbar Schmackhaftes zu essen gegeben. Das war die Bestätigung, dass Mutter gar nicht kochen konnte.

Oft war tagelang gar nichts zu essen im Haus gewesen oder wir aßen nur Brot, welches wir uns selber von einem Laib abrissen, da wir noch zu klein waren, um mit einem Brotmesser umzugehen. Ich hatte manchmal tagelang Hunger verspürt. Meine Schwester und ich hatten oft versucht, Mutter dazu zu bringen, etwas für uns zuzubereiten. Das war schwierig gewesen, weil sie ja oft betrunken war und wir nicht wussten, wie sie reagieren würde. Meistens hatte sie dann losgeschrien oder wirr und undeutlich geredet, etwas wie ›Ihr habt ständig Hunger‹ oder ›Könnt ihr nicht mal an was anderes denken als ans Essen?‹.

Irgendwann, da hatte sie einen großen Topf auf dem Herd stehen gehabt und gesagt, sie würde Erbsensuppe kochen. Es war ein riesiger Topf voll Wasser und Erbsen darin. Mutter hatte erklärt, so bräuchte sie nicht jeden Tag für uns zu kochen, denn die Menge würde für die ganze Woche reichen. Sie hatte geschwankt, als sie davorstand und umrührte. Meine Schwester und ich hatten ziemlich ungläubig daneben gestanden, aber wir wussten es nicht besser.

Fast hätte Mutter den Topf vom Herd gerissen, als sie sich daran festgehalten hatte, um nicht nach hinten zu kippen. Sie hatte an dem Tag schon ziemlich viel getrunken. Dieses Schwanken war ein klares Zeichen dafür, und meistens war das ab mittags der Fall. Manchmal auch früher oder später. Jedenfalls hatte sie uns erläutert, dass die Erbsen erst einige Stunden in dem Wasser einweichen müssten, bevor man sie weiter, zu einem Eintopf, verarbeiten könnte. Wir sollten uns also noch keine Hoffnung auf etwas Warmes zu essen machen und lieber aus der Küche verschwinden. Ja, genau das hatte sie gesagt. Um den Herd und damit das Wasser im Topf auf Temperatur zu bringen und zu halten, hatte ständig Holz oder Kohle nachgelegt werden müssen, was aber nicht geschah, da sie Stunden später wieder so volltrunken war, dass sie die Erbsen einfach vergessen und stehengelassen hatte. Sie hatte sich nicht mehr darum gekümmert, obwohl dieser riesige Topf dort in der Küche stand und nicht zu übersehen gewesen war. Das Feuer war ausgegangen, Mutter auf dem Sofa eingeschlafen, und die halbrohen Erbsen waren in dem Wasser ausgekühlt. Wir hatten sie dann so gegessen, ich schöpfte sie mit einem Löffel aus dem Topf, während meine Schwester unsere Teller hielt.

Mutter hatte dieser Sache überhaupt keine Beachtung mehr geschenkt, und wir aßen die halbrohe, kalte Erbsenpampe tagelang. Das war immer noch besser gewesen, als zu hungern.

So schaufelte ich nun die Kartoffeln mit dem Quark in mich hinein und dachte an früher, während sie zitternd und weinend dasaß und mit den blinden Augen rollte. Ich versuchte, sie zu beruhigen, sprach weiter auf sie ein und dachte dabei an den Ratgeber, den ich gelesen hatte.

Im Laufe der letzten Tage, während ich Frau Lilianas Wohnung aus der gegenüberliegenden Kneipe beobachtet hatte, hatte ich in einer kleinen Broschüre gelesen, die aus einer Bücherei stammte. Darin stand allerhand Wissenswertes über das Verhalten von Mann und Frau bei einem ersten Treffen. Zwar ging es auch um Liebe, aber das machte nichts. Hier handelte es sich ja auch um ein erstes Zusammentreffen.

Auf alle Fälle stand dort geschrieben, der Mann sollte Interesse zeigen für die weibliche Person und nicht gleich so viel über sich selbst erzählen. Auch mal ein Kompliment machen, beispielsweise über ihre Frisur oder Kleidung. Das passte mir ganz gut,

133

denn ich wollte ohnehin nicht so viel von mir preisgeben. Sie hatte auch so Angst genug, und ich wusste ja aus eigener Erfahrung, wie sich Furcht anfühlte.

Es war nicht einfach den Tipp mit den Komplimenten umzusetzen, denn ich war mir nicht sicher, ob sie wusste, wie ihre Frisur aussah. Außerdem stand ihr Haar durch meinen festen Zugriff auf einer Seite unschön hoch. Ich bezweifelte auch, ob es sinnvoll wäre, etwas Schmeichelhaftes über ihren Pullover zu sagen, denn den fand ich überhaupt nicht schön, und vielleicht wusste sie gar nicht, was sie anhatte. Sie konnte ihre Kleidung ja nicht sehen.

Wer wohl ihre Kleidung auswählt beim Einkauf?

Ich musste mich konzentrieren, aufpassen, dass ich nicht wieder in Gedanken versank und sie plötzlich erneut nach einem Messer oder Ähnlichem griff. Obwohl ich mir recht sicher war, dass sie es nicht nochmal versuchen würde. Sie kannte ja die Optionen.

Ich ließ das mit der Schönrederei vorerst sein und fragte, wie alt sie denn wäre. Einundfünfzig. Ihre Antwort überraschte mich etwas, denn sie wirkte wesentlich jünger, und nun hatte ich einen Ansatz für eine Nettigkeit. Ich antwortete ihr, dass sie eher aussähe wie vierzig. Wirklich zu freuen schien sie das aber nicht, und ich zweifelte langsam den Inhalt der Broschüre an. Was tatsächlich stimmte und ich sie noch wissen ließ, war, dass sie eine gemütliche Wohnung hätte. Ich fühlte mich bei ihr schon jetzt wohl, und es war dort viel angenehmer, als damals zu Hause.

Von all dem Essen, Reden und Nachdenken wurde ich richtig müde, und deshalb teilte ich Frau Liliana mit, dass ich mit ihr ins Schlafzimmer wollte. Sie wurde sofort hysterisch, sie verstand nicht, dass ich hundemüde war und einfach nur schlafen wollte.

Ich erzählte ihr von dem Mädchen aus der Gärtnerei, von meinem Pakt und von meiner erlebten Enttäuschung. Sie begriff jedoch nichts mehr, und ich konnte sie nicht beruhigen.

Ich bat sie daraufhin, mir einen ihrer Schnürsenkel zu geben. Damit war sie erstmal beschäftigt, sozusagen abgelenkt, und als sie den Schnürsenkel aus ihrem Stiefel fädelte, wirkte sie schon etwas weniger panisch. Sie gab ihn mir, und ich ging dann mit ihr ins Schlafzimmer.

Sie wurde auf einmal ganz ruhig und fing an, sich auszuziehen. Ich stellte schnell klar, dass es doch recht kalt wäre und sie die Kleidung lieber anbehalten sollte. Ich legte sie vorsichtig auf das Bett und mich dann dazu. Ich musste sie trösten und zudecken, aber nach einer Weile wurde sie entspannter. Sie bemerkte, dass ich nichts mit ihr vorhatte, sondern wirklich nur müde war. Allerdings nahm ich den Schnürsenkel und band unsere beiden Handgelenke zusammen, damit sie nicht ohne mich aufstehen könnte. Ich fühlte mich gut und entspannt. Alles wirkte friedlich und ruhig.

Es war einfach schön. So schlief ich neben ihr ein.«

Kapitel 10
Der Brief

Es war der Name des Psychologen. Dr. Raimond Saller. Juri verstand nicht, was das zu bedeuten hatte. Er drehte den Brief wieder um und bemerkte dabei das Zittern seiner Hände. Die Tabletten halfen nicht. Das Zittern blieb. Ein ständiger Tremor, ausgelöst durch ein jahrelanges Stresssyndrom. Juri kannte den Ursprung dessen. Er war es leid.

Das Papier gab diese Zuckungen wieder, und Juri hatte Schwierigkeiten, die ersten Zeilen zu erfassen. Briefe machten ihm grundsätzlich Angst. Briefe ohne Absender besonders. Sie weckten Erinnerungen und Dämonen. Dämonen, die sich in seinem Bewusstsein festgebissen hatten. Er kniff die Augen zusammen, öffnete sie aber sofort wieder, da er Bilder sah, die er nicht sehen wollte. Das vor langer Zeit Geschehene hatte ihn niemals losgelassen. Er holte einmal tief Luft. Ein Reflex. Es machte die Sache nicht leichter. Also begann er zu lesen.

Sehr geehrter Herr Dabrowski,

es sind nunmehr über zwanzig Jahre vergangen, seitdem wir miteinander zu tun hatten, ohne uns jedoch dabei persönlich begegnet zu sein. Es war eine bestimmte Person, durch dessen Handeln sich unsere Wege gekreuzt hatten. Eine schicksalhafte Begegnung. Ich hatte nicht viel Zeit, darüber nachzudenken, ob ich Ihnen dieses Paket mit seiner bösen Fracht, aus längst vergangener Zeit, zukommen lassen soll. Aber was soll ich sonst damit anfangen? Meine Zeit ist sehr begrenzt, um es einfacher zu formulieren, ich werde sterben. Vermutlich bin ich schon tot, wenn Sie diese letzten Zeilen von mir in den Händen halten. Die ärztliche Diagnose, die ich gestellt bekommen habe, lässt keine Zeit für Sentimentalitäten. Es ist mein Schicksal, dass in meinem Kopf etwas wuchert, was dort nicht hingehört.

Ich kann diese Unterlagen nicht einfach vernichten, denn Sie waren es, der damals diesen Fall ins Rollen gebracht und *ihn* ausgeliefert hatte. Ihnen alleine obliegt es, einen endgültigen Schlussstrich zu ziehen unter der Vergangenheit. Aus diesem Grund befinden sich alle Akten und Requisiten des damaligen Falls in diesem Paket. Ich habe alles zusammengetragen und zu Ihnen geschickt, es ist ein Teil Ihrer Biografie, unserer Biografie, und ich möchte, dass letztendlich Sie entscheiden, was damit passieren soll. Vielleicht werfen Sie alles auf den Müll oder noch besser, Sie verbrennen es, denn es beinhaltet das Böse selbst. Hunderte von Patienten habe ich behandelt und analysiert. Ich verbrachte Tage, Wochen, ja, Monate in ihrer Nähe bei Verhören. *Wie bei ihm*. Einzig, um sie zu verstehen, um zu begreifen, was sich hinter der Fassade dieser kranken Kreaturen verbirgt. Tausende von Informationen habe ich zusammengetragen, und es ist kaum ein Tag vergangen in meinem Berufsleben, an dem ich mich nicht mit der Psyche dieser gefährlichen Verbrecher befasst hätte. Es war mehr als nur Arbeit. Es war weit mehr als ein Beruf. Es war meine Berufung! All die unterschiedlichen Charaktere, die jedoch alle etwas gemeinsam haben. Etwas Böses. Tief in ihrem Inneren unterscheidet diese Personen etwas von uns, die wir, innerhalb der Werte und Normen, ein legales, wohlwollendes Leben führen.

Bei all meinem Bestreben auf der Suche nach Erkenntnis, ist nur ein einziger Patient so intensiv in meinem Gedächtnis haften geblieben, dass er mehr als nur eine Erinnerung darstellt.

Ich mag den Namen nicht aussprechen und auch nicht zu Papier bringen, aber ich denke, es ist *er*, der mich heimgesucht hat und mir jetzt dieses unerwartete Ende beschert.

Er hat sich in meinem Kopf, meinem Gedächtnis, festgebissen und nie wieder losgelassen.

Seit jenen Tagen, damals im Gefängnis von Warschau, trage ich diese Person bei mir, in mir. Ich höre seine Stimme, sehe seine kalten Augen. Tag und Nacht. Er ist ein Virus, die Pest. Und nun im wahrsten Sinne des Wortes: Ein Geschwür!

Nur durch Ihren Mut, Ihre Tugend, war dieser Teufel in Menschengestalt zur Strecke gebracht worden. Wir beide hatten ihn letztendlich besiegt. Aber dennoch ist er allgegenwärtig.

Vielleicht mag das alles hier aus Ihrer Sicht seltsam klingen, denn im Grunde bin ich ein sehr logisch denkender Mensch. Das musste ich in meinem Beruf auch sein. Ein rational denkender Mensch, der sich stets auf das Ursache-Wirkung-Prinzip verlassen hat.

Nun aber, hier und heute, so viele Jahre später, habe ich Zweifel. Zweifel an mir, an allem. Ich bin ein Stück weit gewillt an das Übernatürliche, das Paranormale, zu glauben.

Er ist es, und ich rate Ihnen: Vernichten Sie alles! Sämtliche Unterlagen! Notizen, tabellarische Diagramme, Einschätzungen, Ergebnisse wochenlanger Sitzungen, Mitteilungen der Staatsanwaltschaft, Kopien des Gutachtens und ... Tun Sie das Richtige!

Ich weiß nicht, was Sie heute für ein Mensch sind, wie Sie leben, denken, fühlen. Aber wenn Sie bezüglich dieser Person ähnliches empfinden, dann kann es nur mit Angst zu tun haben. Angst vor etwas Fremdem, das wir nicht begreifen können. Welches mit wissenschaftlichen Aspekten und rationalem Denken nicht so einfach zu erklären ist.

Das Böse ist allgegenwärtig.

Ich glaube sowohl an das Gute als auch an das Böse, und das sollten Sie auch, Herr Dabrowski. Unterschätzen Sie diese Kräfte nicht. Niemals. Seien Sie bedacht und vorsichtig. Schützen Sie sich und Ihre Lieben, wenn es darum geht, ein Ende zu erzielen. Damit das Böse keinen Platz erhält.

Und nun, lieber Jurek Dabrowski, entscheiden Sie, was mit dieser grausamen alten Geschichte passieren soll.

Ich wünsche Ihnen und Ihrer Familie alles erdenklich Gute.

Leben Sie wohl.

Ihr Raimond Saller.

P.S.: Jetzt gerade, während ich diese Zeilen an Sie richte, höre ich seine Stimme … sie flüstert immer wieder jene eindringlichen Worte: »Lauschen Sie!«

Kapitel 11
Die Rückkehr Teil 6

»In den zwei Stunden, die ich neben ihr schlief, hatte sie sich dann aber doch beruhigt. Als ich meine Augen öffnete, lag sie schon wach neben mir.

Ich fragte sie, ob sie gut geschlafen hätte, auch wegen des Schnürsenkels. Sie grinste einmal kurz als Antwort, aber ich empfand dieses Grinsen als gestellt. Es wirkte nicht echt. Ich beließ es dabei und erkundigte mich bei ihr, was sie normalerweise tagsüber machen würde, wenn sie alleine wäre, ohne Besuch.

Sie fing an, leise alle die Dinge aufzuzählen, die sich über ihren Alltag erstreckten, und ich fand, das waren eine ganze Menge. Ich wollte sie nicht daran hindern. Es sollte alles ganz normal und gewohnt weiterlaufen. Ich entfernte den Schnürsenkel von ihrem Handgelenk, damit sie sich frei bewegen konnte. Während sie langsam aus dem Bett stieg, beobachtete ich sie und sagte, dass ich auch gleich aufstehen würde, sie sollte ruhig schon vorgehen und ihre Dinge erledigen. Damit wollte ich ihr ein wenig das Gefühl von Vertrauen geben. Sie konnte ja nicht ahnen, dass sie ohnehin nicht aus der Wohnung kommen würde. Der Löffel klemmte ja immer noch unter der Flurtür.

Sie verließ das Zimmer. Ich lag noch eine Weile im Bett, starrte an die Decke und dachte an nichts. Mein Kopf war richtig leer, das tat gut. Lieber keine

Gedanken als schlechte.

Dann hörte ich Frau Liliana nebenan. Ich lauschte. Versuchte mir vorzustellen, was sie dort drüben tat. Die Wände der Wohnung waren dünn gebaut, und es war hellhörig. Die Geräusche rissen mich aus der Gedankenlosigkeit. Konnte ich ihr vertrauen? Ein Telefon gab es nicht. Würde sie versuchen, die Wohnung zu verlassen? Hilfe zu holen oder irgendwie auf sich aufmerksam zu machen?

Diese unbeantworteten Fragen machten mich nervös. Ich sprang aus dem Bett, um nachzusehen. Ging zu Tür, öffnete sie langsam ein kleines Stück und lauschte. Wieder konnte ich ein paar Laute wahrnehmen, die ich aber nicht zuordnen konnte. Ich schlich mich durch den Flur, und dann sah ich sie in der Küche stehen. Sie bügelte Wäsche. Was ich gehört hatte, war das Klirren, wenn sie das Bügeleisen seitlich auf eine metallene Ablage stellte, um die Bügelwäsche zu wenden.

Ich stand da und schaute ihr zu. Ich war fasziniert, mit welcher Routine und Selbstverständlichkeit sie die einzelnen Stücke drehte und wendete. Als würde sie alles sehen können und nicht blind sein. Laken, Blusen, Tücher, alles glitt ihr mit Leichtigkeit durch die Hände.

Mutter hatte nie gebügelt.

Ich wollte Frau Liliana nicht unterbrechen und schon gar nicht erschrecken, jetzt, wo sie gerade so entspannt wirkte. Deshalb räusperte ich mich nur kurz und verhalten. Sie hörte mit der Arbeit auf und ich fragte, ob ich mich zu ihr in die Küche setzen dürfte, um ihr ein wenig zuzusehen. Sie hatte nichts dagegen, denn sie nickte kurz und bügelte dann weiter. Ich schlug ihr vor, dass ich ein bisschen von mir erzählen könnte, während sie ihre Hausarbeit erledigte, sie willigte ein. Also dachte ich mir etwas aus und behauptete, dass ich viel herumkommen würde in der Welt, dass mein Vater ein Offizier bei der Marine wäre, auch ich als Soldat bei der Marine angefangen hätte und dadurch viele schöne und interessante Länder kennenlernen würde. Und dass meine wundervolle, fürsorgliche Mutter mir, als Fünfjähriger, das Fahrradfahren beigebracht hätte.

Als ich nach einer Weile genug vom Reden hatte, bat ich Frau Liliana, mir etwas über ihr Leben zu erzählen. Es war ihr zuerst nicht Recht, sodass ich sie nochmal deutlicher dazu auffordern musste. Vielleicht ein wenig zu laut, denn sie war kurz zusammengezuckt. Aber danach fasste sie den Beschluss, doch von sich zu berichten. Sie sprach sehr leise, ich musste mich anstrengen, um sie zu verstehen. Nach einiger Zeit begriff ich allerdings auch, warum sie sich nur zögerlich äußerte. Ihre Lebensgeschichte war alles andere als schön, sie hatte viel Schlimmes erlebt. Der Vater hatte sie und ihre jüngere Schwester oft misshandelt. Wenn er viel getrunken hatte und heimkam, schlug er erst die Mutter und anschließend die beiden Kinder. Ich konnte es gar nicht fassen und bekam ein schlechtes Gewissen wegen meiner Geschichte, in der ich ein so viel besseres Leben hatte als sie. In dem Moment wurde mir bewusst, dass ich einen Fehler begangen hatte. Ich hätte sie zuerst erzählen lassen sollen, um dann meine Geschichte anpassen zu können. Nun war es zu spät, sie schilderte noch viel wildere, schlimmere Dinge, nämlich, dass sie ihr Augenlicht verloren hatte, als sie gemeinsam mit ihrer Schwester und ihrer Mutter den Vater getötet hatte. Es war dabei zu einem Kampf gekommen, der letztendlich zu ihrer Erblindung geführt hatte.

Sie hatten den Plan geschmiedet, dem Vater aufzulauern, um ihn gemeinsam vom Balkon zu stoßen, wenn er wieder betrunken nach Hause käme. Die Wohnung hatte im achten Stockwerk gelegen.

Als der Vater dann das nächste Mal betrunken ins Haus gewankt war, hatten ihn Frau Liliana und ihre Schwester, mit einer Flasche Bier und Zigaretten, auf den Balkon gelockt. Die Mutter hatte sich gleichzeitig leise von hinten angeschlichen, um ihn, in einer Sekunde der Unachtsamkeit, über die Brüstung zu stoßen. Es hatte wie ein Unfall aussehen sollen. Aber der Vater bemerkte den Hinterhalt, als die Mutter gerade hinter ihm in die Knie gegangen war, um ihn an den Beinen zu packen. Sie hatte ihn aus dem Gleichgewicht bringen wollen, während die beiden Mädchen ihn, im gleichen Moment, an den Armen ergreifen sollten, um den Tyrann mit vereinten Kräften in die Tiefe stürzen zu lassen. Der Vater hatte angefangen zu taumeln und panisch um sich zu schlagen, als er das Vorhaben der Frauen erkannte. Dadurch hatten sie ein riesiges Problem, er war nun gewarnt und wehrte sich heftig. Er war gegen den Grill gekippt, der hinter ihm auf einem kleinen Tisch stand und hatte dabei eine Dose Grill-Reiniger zu fassen bekommen, deren ätzenden Inhalt er direkt ins Gesicht seiner Tochter Liliana sprühte. Die Mutter hatte sich geistesgegenwärtig eine herumliegende leere Wodkaflasche geschnappt und ihrem Mann auf den Kopf geschlagen. Dadurch, dass er daraufhin ohnmächtig geworden war, gelang es ihr ihn, mit Hilfe ihrer jüngeren Tochter, hochzuziehen und über die Balkonbrüstung zu kippen. Währenddessen hatte das ätzende Spray die Augen von Frau Liliana aufgefressen. Genau diesen Ausdruck verwendete sie.

Sie bügelte beim Erzählen die ganze Zeit weiter. Ich saß da und war fassungslos, was für ein Irrsinn! Sie berichtete auch noch, dass sie seitdem schlecht schlief und Albträume hatte und dass sie jeden Tag zu Gott betete und um Vergebung bat für das, was sie getan hatten. Außerdem ging sie jeden Sonntag in die Kirche, um Buße zu tun. Ich verstand das nicht ganz, aber es gefiel mir, wie sie von sich und von ihrem Leben sprach. Frau Liliana selbst schienen diese Erinnerungen, an frühere Zeiten, allerdings traurig zu machen, und so beendete ich unser kleines Kennenlernspiel.

Aber alles in allem war es ein gutes Gespräch gewesen, und anschließend hatte ich das Gefühl, dass es uns beiden gutgetan hatte. Das lockerte die Stimmung weiter auf und schuf etwas Vertrauen. Das war in unserer Situation sehr wichtig.

Die kommenden Tage verliefen dann immer gleich. Wir standen gemeinsam auf, sie erledigte die Hausarbeit, ich beobachtete sie. Sie kochte, räumte auf und hatte immer irgendetwas zu tun, während ich versuchte, so gut es ging, unauffällig zu bleiben. Denn ich hatte mich entschlossen, noch ein paar Tage länger zu bleiben, aber ich ließ sie es nicht wissen. Mit der Zeit gewöhnte sie sich an mich und die neue Situation. Es wirkte alles ganz normal.

Eines Abends fragte sie mich, ob ich ihr vielleicht etwas aus einem Buch vorlesen könnte. Das machte mich unruhig, weil ich ja nicht so gut lesen konnte. Allerdings bat sie mich auf eine seltsame Weise darum, sie fragte nicht nur einfach, sondern betonte ihre Bitte auf eine dermaßen freundliche und einfühlsame Art, wie ich es vorher noch nie erlebt hatte. Ich konnte nicht Nein sagen. Es gab kein zurück. Diese warme Stimme und der einschmeichelnde Ton wirkten wie ein Zwang. Sie hätte mich um alles bitten können, ich hätte es getan. Es tun müssen. Vielleicht war es Mitleid. Ich konnte ihre Freude über meine Zusage spüren, und sofort holte sie ein dickes schwarzes Buch aus dem Regal neben dem Küchenschrank. In diesem Augenblick hatte ich für einen kurzen Moment das Gefühl, sie wäre glücklich. Als hätte meine einfache Bereitschaft, etwas aus irgendeinem Buch vorzulesen, ihr das Glück dieser Welt bedeutet. Sie hielt mir das schwere

Buch hin, und ich nahm es in meine Hände. Ob ich schon einmal die Bibel gelesen hätte, wollte sie wissen, und ich musste ihr gestehen, dass ich überhaupt noch nie ein Buch gelesen hatte und schon gar nicht die Bibel.

Dadurch hätte ich mich fast verraten. Sie wunderte sich, dass jemand, der bei der Marine war und so viel reiste, keine Bücher las. Alle Matrosen würden Lesen, gab sie überzeugend von sich. Ich spürte Wut in mir aufkommen, aber nur kurz, denn sie sprach weiter in ihrer betörenden, freundlichen Art und bat mich, etwas aus der Offenbarung des Johannes zu lesen. Das ist die Stelle, an der beschrieben wird, wie schlecht die Menschen sind und was sie dadurch erwartet. Nämlich der Untergang der Welt. Ich las ihr jeden Abend aus der Bibel vor. Am Anfang fand ich die Geschichten merkwürdig, aber Frau Liliana schien jedes Mal zu spüren, wenn mich etwas irritierte oder ich Fragen dazu hatte. Dann forderte sie mich, mit dieser ruhigen Stimme, auf, das Buch kurz an die Seite zu legen und erklärte mir alles, was ich nicht verstand. Zum Beispiel, die Sache mit den vier apokalyptischen Reitern und die Bedeutung der Posaunen. Auch, dass der jüngste Tag, der Tag sei, an dem wir uns für alles verantworten müssen.

Dass vieles bildlich und im übertragenen Sinne gemeint wäre. Genau wie die Hure Babylon, die eigentlich gar keine Hure sei, sondern die Sünden der Menschheit darstellt.

Je öfter ich mich mit diesem Buch beschäftigte, umso interessanter fand ich es und verstand es auch ein Stückchen besser. Frau Liliana lobte mich, weil ich immer fließender vorlas. Es war gut. Für sie und für mich.

Etwa zwei Wochen später verließen wir sogar die Wohnung, um gemeinsam auf den Wochenmarkt zu gehen und etwas einzukaufen. Ich war zuvor noch nie auf einem Markt gewesen, jedoch neigten sich die Lebensmittelvorräte dem Ende zu. Ich würde viel essen, ließ mich Frau Liliana wissen. Das fand ich gut, denn dadurch zeigte sich doch, wie sehr ich ihr Essen mochte.

Nachdem ich ihr ein paar Regeln für das Verhalten außerhalb der Wohnung erklärt hatte, machten wir uns kurz nach Sonnenaufgang auf den Weg. Frau Liliana hatte mich darauf aufmerksam gemacht, dass es sinnvoller wäre, früh am Morgen einkaufen zu gehen, da sie sich, wegen ihrer Behinderung, zu dieser Zeit besser bewegen könnte, als zu späterer Stunde, wenn sich viele Menschen zwischen den Ständen drängen würden. Mir war es nur recht. Weniger Menschen, weniger Gefahr. Dachte ich.

Ich ließ mir von ihr eine Mütze und eine dunkle Brille geben, sodass ich mich unerkannt im Freien bewegen konnte.

Wir gingen nicht nebeneinander, das hätte auffallen können. Ich blieb, mit einem Abstand von ein paar Metern, hinter ihr. Die ganze Zeit über. Ich hatte ihr vorher gesagt, was ich gerne essen würde und was nicht. Sie kaufte alles ein und ließ sich nichts anmerken.

Während wir hintereinander über den Markt gingen, musste ich plötzlich wieder an meinen Geburtstag denken, als ich meiner Mutter nachgegangen war, um zu sehen, wo sie hinwollte. Das gefiel mir nicht und machte mich auch sofort wieder wütend. Ausgerechnet in dem Moment sah ich, dass Frau Liliana von einem Mann angerempelt wurde, sodass sie fast umfiel. Der Typ ging einfach weiter. Ich eilte an ihre Seite und half ihr das Gleichgewicht wiederzufinden. Sie verlor fast ihren Stock, den sie immer bei sich haben musste. Ich nahm sie an die Hand und führte sie in eine ruhige Ecke neben einem Wurststand. Als ich ihr sagte, dass sie dort stehenbleiben und warten sollte, konnte ich kaum noch richtig sprechen vor Wut. Ich begann derart heftig mit den Zähnen zu knirschen, dass es schmerzte. Ich rannte dem Mann hinterher. Etwa hundert Meter weiter – der Markt war riesig und voller Menschen – hatte ich ihn eingeholt. Ich blieb wenige Meter hinter dem Schwein, ließ ihn nicht mehr aus den Augen. Er ahnte nicht, dass er so gut wie tot war. Er blieb hier und da kurz stehen, sah sich irgendwelche Angebote der Händler an und ging dann weiter. Ich wurde immer unruhiger, je weiter ich mich von Frau Liliana entfernte. Was, wenn sie doch jemanden um Hilfe bat? Endlich kam die passende Gelegenheit. Ich rempelte ihn an, genauso wie er Frau Liliana angerempelt hatte. Mit dem Unterschied, dass er ihr kein Messer in den Bauch gerammt hatte. Ich ihm schon. Unauffällig.

Ich stieß ihm mein Messer, das ich in weiser Voraussicht, vor unserem Aufbruch, eingesteckt hatte, bis zum Griff in den Bauch, und als er zusammensackte, rief ich in die Menschenmenge: ›Kann bitte mal jemand helfen? Dem Mann geht es nicht gut!‹

Während er sich an mich klammerte – die Augen weit aufgerissen, den Mund zum stummen Schrei geöffnet – und langsam zu Boden glitt, nutze ich seinen Körper als Deckung, um das Messer wieder verschwinden zu lassen. Sofort bildete sich eine Menschentraube, und es gab einen kleinen Tumult, durch den ich unauffällig verschwinden konnte. Zügig lief ich zurück zu der Wurstbude, an der Frau Liliana, wie ich hoffte, auf mich wartete.

Sie stand dort tatsächlich noch immer an der gleichen Stelle. Die Sache mit dem Kerl hatte dadurch auch etwas positives, denn nun wusste ich, dass sie nicht weglaufen würde. Die Chance dazu hätte sie gehabt.

Sie bekam von all dem Trubel nichts mit, und wir machten uns auf den Weg zurück in ihre Wohnung.

Die Tage vergingen, und ehe ich mich versah, waren es mehrere Wochen geworden. Sechs, um genau zu sein. In diesen sechs Wochen lernte ich, mit Frau Lilianas Hilfe, flüssig zu lesen und die Aussagen in der Bibel zu verstehen.

Schließlich kam dann dieser verhängnisvolle Abend, an dem sich Frau Liliana auszog, bevor wir schlafen gingen.

Ich hatte schon im Bett gelegen, als sie anfing, sich nackt auszuziehen. Das tat sie sonst nie. Sie hatte immer ihre Unterwäsche angelassen und sich ein Schlafkleid übergezogen.

Ich fragte sie, was das sollte, und sie antwortete nur, dass ihr sehr warm wäre und sie selbst entscheiden könnte, wie sie schlafen ginge. Dann legte sie sich neben mich und rutschte mit ihrem Körper ganz dicht an mich heran. Wir hatten sonst immer in der gleichen Seitenlage geschlafen, ich hinten, mit dem Rücken zur Wand und sie vor mir, mit ihrem Rücken an meinem Bauch. Anschließend hatte ich meinen Arm um sie gelegt und unsere Handgelenke mit dem langen Schnürsenkel zusammengeknotet. Immer mit so viel Schnur dazwischen, dass es für uns beide, die Nacht über, bequem gewesen war.

Aber an diesem Abend war alles anders. Frau Liliana begann damit, mich anzufassen, und obwohl ich ihr nochmals von meinem Pakt berichtete, ließ sie nicht nach. Sie wendete ein, dass der Schwur ja eingehalten werden würde, wenn ich nur still daläge. Dann bat sie mich, den Schnürsenkel erstmal nur an mein Handgelenk zu binden, damit ihre Hände frei wären und sie das machen könnte, was sie vorhätte. Sie wollte mich verwöhnen, wie sie sagte. Sie könnte doch sowieso nicht weglaufen und hätte das auch nicht vor. Sie erzählte von gegenseitigem Vertrauen und erinnerte mich an die letzten gemeinsamen

Wochen. Außerdem roch sie so unbeschreiblich gut. Mir wurde ganz heiß und schwindelig. Ich dachte über ihre Argumente nach, fand die Idee daraufhin nicht mal schlecht und ließ mich darauf ein.

Ihre Hände waren warm und weich, sie wusste genau, was sie tat. Ich war von Sinnen, sah Sterne vor Augen und schlief gleich danach ein.

Als ich in Rückenlage wach wurde, dauerte es eine Weile, bis ich begriffen hatte, was passiert war. Warum sie mich zu einem derartigen Verwöhn-Programm überredet hatte, wodurch ich in einen entspannten und tiefen Schlaf gefallen war. Und warum ich mitten in der Nacht hochschreckte und mich nicht wehren konnte, als mir ein Strumpf in den Mund gedrückt wurde, sodass ich fast erstickte. Meine Hände waren an die Bettpfosten gebunden, Frau Liliana saß auf mir — immer noch nackt — und stopfte mir diese verdammte Socke, mit einem Holzstück, immer tiefer in den Rachen. Ich wollte schreien, begann mich zu wehren und schüttelte meinen Kopf hin und her, während sie auf mir hockte und mich anschrie. Sie schrie und schrie: ›Friss das, du Schwein! Ja! Friss den Strumpf, du Schwein. Du Schwein!‹

Meine Gedanken rasten, Erstickungspanik stellte sich ein, ihr Gewicht drückte schwer auf meine Brust, aber ich bekam sie nicht von mir herunter. Selbst die schlagartig auftauchende Wut und der Adrenalinschub konnten mir nicht helfen, obwohl mir das sonst immer zusätzliche Kräfte beschert

152

hatte. Ich brüllte meinen Zorn geräuschlos in den Knebel, der mir beim Schlucken, Stück für Stück, weiter in den Hals rutschte und mich fast zum Würgen brachte.

Sie schlug mir ins Gesicht und beschimpfte mich. Wieder und wieder. Ich wehrte mich so heftig gegen diese beklemmende Lage, dass sie auf mir aussah wie ein Cowboy, der ein Wildpferd zuritt. Weil ich darüber kurz grinsen musste, wurde sie noch ärgerlicher und prügelte mit geballten Fäusten weiter auf mich ein. Meine Nase brach und blutete heftig. Dabei kamen mir Gedanken an Verrat. Ja, es war Verrat. Hochverrat!

Ich fühlte mich, zum ersten Mal in meinem Leben, einer Situation hilflos ausgeliefert. Das war für mich unerträglich. Ich tobte, war rasend vor Wut und Enttäuschung über diesen Hinterhalt und riss und zerrte an den Fesseln.

Sie schlug wieder und wieder auf mich ein. Ich versuchte ihren Faustschlägen zu entgehen, indem ich meinen Kopf von links nach rechts und von rechts nach links wegdrehte. Es nütze nichts. Die Schläge trafen trotzdem mein Gesicht, und sie war stark in ihrer Rage. Nach einer Weile hörte sie endlich auf. Sie beruhigte sich und stieg von mir herunter.

Ich sehe heute noch ihren tanzenden, nackten Busen vor mir, wenn ich an die Situation zurückdenke.

Sie hatte mich scheinbar direkt als erstes gefesselt und sich nicht einmal die Zeit genommen, sich zu bekleiden. Diese Frau war völlig wahnsinnig, und ich hatte ihr vertraut. Dieses Miststück!

Verzweifelt probierte ich, meine Hände aus den Schnürsenkeln zu bekommen, mit denen sie mich an das Bettgestell gefesselt hatte. Es gelang mir nicht, sie schnürten mir weiterhin die Gelenke ab.

Sie hatte alles geplant, und ich war darauf hereingefallen. Aber was, zum Teufel, hatte sie vor?

Ich versuchte mich zu beruhigen. Beobachtete, wie sie ihre Kleidung aufnahm und sich neben mir anzog. Ich hatte keine Ahnung, wie spät es war, aber durch das winzige Fenster konnte ich sehen, dass es draußen noch dunkel war.

Als hätte Frau Liliana meine Gedanken gelesen, ging sie aus dem Schlafzimmer und kam kurz darauf mit einem großen Standwecker zurück. Genau wie mit einem Küchenmesser und einem Kabel. Kein dünnes Kabel, nein, es war eines, das etwa den Durchmesser eines Schaufelstiels hatte. Es war gute dreißig Zentimeter lang, mit schwarzem Kunststoff ummantelt und flexibel. Mit so einem Teil würde man sogar Rinder angetrieben kriegen. Bis zu diesem Zeitpunkt hatte ich noch die vage Hoffnung gehabt, dass es sich um irgendeinen schlechten Witz handeln würde. Jedoch ging es scheinbar um Leben und Tod.

Sie legte das schwere Kabel und das Messer auf den Tisch und stellte den Wecker so auf den kleinen Nachtschrank, dass ich die Uhrzeit gut erkennen konnte. Es war zehn Minuten nach eins. Frau Liliana tastete nach dem Fußende des Bettes, setzte sich zu mir und begann zu sprechen. Ihre Stimme war eine

154

völlig andere, als in den letzten Wochen. Rau, energisch, befehlend.

Sie sagte mir, dass ich knapp fünfzig Minuten Zeit hätte, mir zu überlegen, was ich ihr sagen wollte, wenn sie um Punkt zwei Uhr ins Schlafzimmer zurückkäme. Sie würde mir dann für zehn Sekunden den Strumpf aus dem Mund nehmen, und ich sollte diese Sekunden nutzen, um genau das zu sagen, was sie hören wollte. Käme das Falsche aus meinem Schweinemaul, würde sie mir die Socke sofort wieder hineinstopfen. So oft und so lange, bis sie von mir das hörte, was sie erwartete.

Sie ging aus dem Zimmer und ließ mich in dieser entwürdigenden Position zurück. Ich tobte erneut und versuchte zu schreien, aber alle Laute wurden sofort von dem muffigen Strumpf verschluckt.

Ich bekam kaum noch Luft durch die kaputte Nase. Das Blut lief mir in den Rachen und wurde von dem Nylonstoff aufgesogen.

Fünfzig Minuten! Was wollte sie von mir hören? Warum behandelte sie mich plötzlich so? Ich verstand überhaupt nichts mehr.

Ich kämpfte schwer mit dem Knebel und versuchte krampfhaft, den Schluckreflex zu unterdrücken.

Eigenartigerweise verging die Zeit wie im Flug, ich konnte es nicht fassen. Ich hatte keine Vorstellung davon, was ich Frau Liliana sagen sollte. Was für ein Irrwitz! Sie schien völlig von Sinnen zu sein. Würde sie mir etwas antun? Der Gedanke daran mobilisierte ungeahnte Kräfte in mir, ich zerrte an den Fesseln, bis sie sich in meine Haut schnitten und ich an den Handgelenken zu bluten begann.

Halb zwei.

Der Wecker machte mich verrückt, ich war mir sicher, dass er schneller lief, als es normalerweise der Fall war. Meine Gedanken rasten, suchten nach einer Lösung, fanden aber leider keine. Zu sehr war mein Unterbewusstsein damit beschäftigt, meinem eventuellen Tod entgegenzuwirken.

Sie hatte meine Hände gefesselt. Meine Beine nicht. Nutzte es etwas?

Zehn vor zwei.

Was, zum Henker, wollte Frau Liliana hören? Entschuldigungen? Wofür? Ich dachte, es wäre alles geklärt. Oder hätte ich sie fragen sollen, ob ich länger als geplant bei ihr bleiben durfte? Hatte ich sie schlecht behandelt? Ich war der Ansicht, ich hätte ihr, in den letzten Tagen und Wochen, gut geholfen. Ich war einkaufen gegangen, hatte bei der Hausarbeit geholfen, Feuerholz gehackt und ihr Gesellschaft geleistet.

Zwei Minuten vor zwei.

Scheiße. Was wollte die Verrückte mit dem Kabel und dem Messer?

Sie war pünktlich. Ich hatte keine Ahnung, wie sie das ohne Augenlicht anstellte.

Auf die Sekunde genau ging um zwei Uhr morgens die Schlafzimmertür auf und Frau Liliana kam herein. Wie beim vorherigen Mal, setzte sie sich zu mir auf das Bett und fragte, ob ich bereit wäre. Was

156

sollte ich sagen? Bereit wofür? Verdammt, nein, ich war nicht bereit!

Sie zog mir den Strumpf aus dem Mund, und ich holte tief Luft. Allerdings ließ sie mir keine Zeit. Nicht einmal, als ich sie bat, zu warten. Sie war fest entschlossen, zu was auch immer. Sie begann laut zu zählen.

›Eins …‹

Ich bat sie um Verzeihung.

›Zwei … drei …‹

Ich kreischte sie an, was sie denn von mir wollte und dass ich ihr nichts anderes sagen könnte, aber da war sie schon bei ›sechs‹. Schnell schwenkte ich um und versicherte ihr, dass es mir leid täte, dass sie toll aussähe, klasse kochte und …

›Neun …‹

Dann war die Zeit um, und ich hatte nicht das gesagt, was sie hören wollte. Die verrückte Frau Liliana steckte mir den blutigen Strumpf wieder in den Mund, nahm das dicke Kabel und stopfte damit nach. Gleichzeitig warnte sie mich, dass sie mir nun mit dem Kabel auf den Bauch schlagen würde und ich mir überlegen könnte, ob ich die Beine anziehen wollte. Der Schlag würde auf jeden Fall meinen Körper treffen. Innerlich schrie ich sie an, es nicht zu tun und sah flehend in ihre blinden Augen, als sie das Kabel in beide Hände nahm, die Arme zum Ausholen hob und das schwere Teil mit voller Wucht auf meinen Bauch knallen ließ. Sterben wäre schöner gewesen. Ich krümmte mich vor Qual. Das Blut strömte mir aus der Nase, heiße Tränen standen in meinen Augen, die mir, in dem Moment, fast aus den Höhlen sprangen. Der Schmerz war unerträglich. Ich war kurz davor ohnmächtig zu werden. Ich jammerte stumm in den Knebel, während sie das Kabel wieder zurück auf den Tisch legte und ungerührt verkündete, sie käme um Punkt drei Uhr zurück.

Ich konnte nicht mehr denken. Die Schmerzen, die jetzt von meiner Bauchdecke durch den gesamten Körper schossen, lähmten mich komplett. Es waren Höllenqualen, grausamste Höllenqualen.

Das war es wohl für mich. Sie machte ernst. Als ich das erste Mal in der Lage war, auf den Wecker zu schauen, zeigte dieser fünf nach halb drei.

Ich kämpfte die ganze Zeit darum nicht zu ersticken. Dort nicht einfach zu verrecken. Mein Denken war außer Betrieb, und ich fand keine Erklärung für Frau Lilianas Forderung.

Ich ließ den Wecker nicht mehr aus den Augen. Sah die Zeiger unaufhaltsam in Richtung Vollstreckung des Todesurteils wandern. Um acht Minuten vor drei präsentierte sich mir eine Idee. Warum oder woher sie kam, wusste ich nicht. Jedenfalls klammerte ich mich an diesen Strohhalm.

Da meine Beine ja nicht gefesselt waren, unternahm ich den Versuch, mit meinen Füßen den Wecker zu erreichen. Mein Plan war es, ihn mir zwischen die Füße zu klemmen, anzuheben, das Glas einzudrücken, an eine Scherbe zu gelangen und mir die Fesseln zu durchtrennen, bevor die kranke Frau um drei zurückkehrte, um mich zu töten.

Zwanzig vor drei.

Es gelang mir den Wecker mit den Füßen zu umklammern. Jetzt müsste ich irgendwie, mit Hilfe meiner geprellten Bauchmuskeln, die Knie anziehen, um den Wecker zu mir herüber aufs Bett zu heben. Plötzlich wurde ich mir der Sinnlosigkeit bewusst. Was halfen mir die Scherben, wenn ich es wirklich so weit schaffen würde? Ich bekäme sie nicht mit den Händen zu fassen.

Aber ich gab nicht auf und malte mir eine Chance aus. Ich könnte versuchen, den Wecker auf das Kopfkissen zu manövrieren und anschließend eine Rolle nach hinten zu machen, damit ich am Kopfende aus dem Bett herauskäme. Ich müsste mich also einmal überschlagen, um zu überleben. Egal, was dabei mit meinen Handgelenken passieren würde.

Fünfzehn vor drei.

Ich wappnete mich gegen den Schmerz, biss auf den Strumpf und zog entschlossen die Beine an. Meine zerschlagene Bauchmuskulatur wollte sich dieser Übung widersetzen und vermeldete Höllenschmerzen, die mit nichts zu vergleichen waren. Ich ließ den Wecker, mit einem kleinen Schwung, aus meinen Füßen fallen. Er flog dadurch in einem flachen Bogen und traf mich an der Stirn, aber ich hatte ihn genau da, wo ich ihn haben wollte, neben meinem Kopf, auf Höhe meiner gefesselten Hände. Ich musste zwischendurch immer wieder Blut aus der

Nase schnauben, um nicht daran zu ersticken. Ich lauschte. Hatte sie etwas bemerkt? Dann wäre ich tot. Nichts.

Hiernach kam der Teil, vor dem ich richtig Angst hatte. Da half auch meine Wut auf Frau Lilianas Hinterhalt nichts. Ich müsste nun Schwung holen, die Knie anziehen und mich über das Kopfende des Bettes herauskatapultieren. Das alles in der Hoffnung, dass meine Gelenke standhalten würden und die verrückte Frau nebenan, es nicht bemerkte.

Zehn vor drei.

Erneut biss ich auf den Strumpfknebel, um die bevorstehenden Qualen irgendwie aushalten zu können. Sie würden kommen, die Schmerzen in der Bauchgegend. Ich zählte in Gedanken bis drei, zog dann ruckartig die Beine in Richtung Kopf hoch, streckte sie wieder und nutzte den Schwung, um die Rolle rückwärts über das Kopfende des Bettes zu schaffen. Es funktionierte, aber meine Handgelenke wurden dadurch so gedehnt und abgeschnürt, dass ich sicher war, meine Hände nie wieder richtig benutzen zu können. Ich fiel auf die Knie und konnte mich, zum Glück, gerade noch etwas abfangen, damit ich nicht zu laut aus dem Bett stürzte. Mein Herz machte zwei Schläge unmittelbar hintereinander und schlug dann für Sekunden gar nicht. Es raubte mir die Sinne, und mir wurde schwarz vor Augen. Der Sauerstoffmangel, die Schmerzen, die abgebundenen Handgelenke … es war kaum mehr zu ertragen, aber ich wollte nicht sterben. Meine

Hände zeigten jetzt in Richtung des Kopfkissens, welches nicht mehr weiß, sondern rot war. Überall war Blut.

Ich bekam den Wecker zu fassen, der direkt vor mir lag. Mit dem linken Daumen drückte ich die Scheibe des Ziffernblatts ein und schnitt mir dabei so tief in die Kuppe, dass mir das Blut ins Gesicht spritzte. Ich lauschte erneut. Alles ruhig.

Vier Minuten vor drei.

Ich ignorierte jeden Schmerz, denn nun sah ich eine reale Chance zu entkommen. Scherben! Ich ergriff mit den Fingern eine der Scherben und zog mein rechtes, an der Metallstange angebundenes Handgelenk, so weit nach links, dass ich mit der Scherbe in der anderen Hand, an den Schnürsenkel heranreichte. Das Band schnürte das rechte Gelenk schon sehr tief ein und mir war bewusst, dass ich erneut Schnittwunden in Kauf nehmen müsste, wollte ich der Fessel entkommen.

Ich schnitt einfach darauf los, ohne dabei an die entstehenden Verletzungen zu denken.

Zwei vor drei.

Der Schnürsenkel löste sich und wieder floss Blut. Diesmal aus Wunden, die ich mir selbst zugefügt hatte. Aber anders hätte es nicht funktioniert. Mit der freien Hand zog ich mir zuerst den Strumpf aus dem Mund, und anschließend konnte ich die andere Fessel aufschneiden, ohne mich erneut zu verletzen.

Eine Minute vor drei

Ich hatte es tatsächlich geschafft.

Im gleichen Moment hörte ich Frau Liliana den Flur entlangkommen. Ein schneller Griff zum Kabel, ein Satz hinter die Schlafzimmertür.

Punkt drei Uhr.

Sie betrat den Raum und blieb kurz stehen. Ich hielt die Luft an. Spürte sie, dass ich nicht mehr im Bett lag? Roch sie mich hinter der Tür? Nahm sie die drohende Gefahr wahr? Scheinbar nicht. Sie machte zwei Schritte, ertastete, leicht nach vorne gebeugt, mit den Händen den Rand des Tisches und setzte sich behutsam darauf. Sie war sich sicher, dass ich noch wie zuvor, gefesselt im Bett läge. Sie begann zu sprechen. Stellte wieder die Frage, die ich nicht beantworten konnte und bemerkte nicht, dass jetzt ich an der Reihe war.

Ich trat einen Schritt nach vorne, schnell und lautlos. Wodurch ich, für das Folgende, die richtige Distanz zu ihr hatte.

Ich holte weit aus und schlug ihr das dicke Kabel – das ich fest in meinen lädierten Händen hielt – in den Nacken.

Die Wucht wirkte wie eine Explosion in ihrem Kopf, sodass ihr das Blut im hohen Bogen aus den Nasenlöchern schoss. Sie fiel vornüber und landete auf dem Boden. Ihr Kopf schlug vorher noch leicht gegen die Bettkante. Augenblicklich übermannte mich wieder dieses altvertraute Gefühl der Überlegenheit, als ich sie dort liegen sah.

Ich hatte die Kontrolle zurück, und ich begann unkontrolliert mit den Zähnen zu knirschen.

Sie lebte, stöhnte, wand sich, zuckte und zitterte. Aber nur wenig. Schön. Genauso sollte es sein. Ich verließ das Schlafzimmer und ging ins Bad, um mir das halbgetrocknete Blut aus der gebrochenen Nase zu spülen. Meine Augen wurden bläulich und waren geschwollen. An dem Tag konnte ich die Wohnung nicht mehr verlassen. Nicht mit dem Aussehen. Ich ließ mir Zeit, reinigte mein Gesicht und kühlte die Schnittwunden an den Handgelenken. Ich zog meinen Pullover hoch und sah, dass mein Bauch grün und blau war. Es schmerzte hefig, als ich zu lachen begann, aus Erleichterung und reiner Freude über die Situation. Wenn man sich freut, soll man ruhig lachen, darum beachtete ich die Schmerzen gar nicht.

Jetzt sollte diese Dreckshure bekommen, was sie verdient hatte. Ich ging zurück ins Schlafzimmer. Sie hatte sich irgendwie ein Stück von der Stelle fortbewegt, an der ich sie liegengelassen hatte. Zu was ein Mensch fähig ist, wenn es ums blanke Überleben geht. Faszinierend. Ich stellte mich breitbeinig über sie und gab ihr leichte Tritte, während ich zu ihr herunterschrie.

›Du willst Antworten? Ja? Du bekommst meine Antwort, du feiges Etwas! Ich zeig dir, was es heißt, mich so zu behandeln. Du kleine blinde Drecksau. Dafür wirst du sterben.

Hure Babylon! Vergib mir, denn ich habe gesündigt!‹

Ich packte sie an den Haaren und zog sie hinter mir

her. Bis in die Küche. Dort hievte ich sie auf den Küchentisch und suchte mir ein paar Messer und Spieße aus den Schubladen zusammen. Ich hatte vor, ihre Hand- und Fußgelenke auf dem Tisch zu fixieren. Gegenwehr gab es keine. Sie war betäubt wie ein Fisch, der einen Schlag mit einem Klöppel bekommen hatte, nachdem er aus dem Wasser geangelt worden war. Nicht bei Bewusstsein, aber auch nicht ganz weg. So ein Mittelding.

Nachdem ich ihre beiden Hände auf der Tischplatte festgespießt hatte, wurde sie ohnmächtig. Man hörte ihr eigenartiges Stöhnen nicht mehr, dass sie noch kurz vorher von sich gegeben hatte, als ich eines der Messer durch ihre linke Hand bohrte.

Ich holte mir anschließend das kleine Beil, das ich zum Holzzerkleinern benutzt hatte. Es lag im Vorflur. Damit schlug ich die Spieße durch ihre Fußgelenke. Zu dem Zeitpunkt war sie schon nicht mehr anwesend. Aber sie lebte.

Sie lebte auch noch, als ich mir den großen Löffel unter der Eingangstür hervorholte und ihr damit die blinden Augäpfel aus den Höhlen schälte. Sie sollte auch unbedingt noch am Leben sein, als ich das tat.

Sie schrie zwar nicht. Dafür reichte es nicht mehr. Aber sie spürte, was mit ihr passierte. Denn sie wehrte sich unbewusst durch erkennbares Zappeln und Zucken. Selber schuld. Hätte nicht so weit kommen müssen.

Ich vollzog ein richtiges Ritual an ihr. Ja, genau das war es. Ein Ritual. Meinen ganzen Zorn legte ich in diese Handlungen. Die toten Augen schmiss ich in den Mixer und häckselte sie klein.

Danach nahm ich zwei Kerzen — mittlerweile wusste ich ja, wo ich alles fand — und drückte sie ihr in die leeren Augenhöhlen. Eine Kerze in die linke und eine in die rechte. Ich zündete die Kerzen an und ließ die Alte wissen, dass man so etwas nicht ungestraft mit mir machte.

Ich wollte mich noch gerne zu ihr an den Tisch setzen. In den vergangenen Wochen hatte ich meinen eigenen festen Platz gehabt, ich hatte ihr immer gegenübergesessen. An der Stirnseite des Küchentisches. Nun jedoch sah ich sie, von diesem Platz aus, nicht so, wie ich es gern getan hätte, denn ich blickte genau auf ihre Füße und auf die blöden Spieße in ihren Gelenken. Ich wollte lieber an ihrer Seite sitzen, um von dort aus mitanzusehen, wie sie starb. Wollte sie begleiten. Ihr noch etwas aus der Bibel vorlesen. Das gehört sich so, wenn jemand stirbt. Hatte sie mir selbst erzählt. Vielleicht macht man das aber auch erst, nachdem der- oder diejenige gestorben ist. Genau weiß ich das nicht mehr.

Also nahm ich meinem Stuhl, trug ihn an ihre Seite und setzte mich, auf Höhe ihres Kopfes, neben sie. Ich wollte nur auf diesem, meinem eigenen Stuhl sitzen. Denn er hatte eine Rückenlehne und die anderen nicht. Ich wusste, ich würde noch eine Weile bei ihr bleiben und wollte es bequem haben.

Zu ihr vorgebeugt ließ ich sie wissen, wie schade ich es fand, dass das alles hatte passieren müssen.

Auch entschuldigte ich mich dafür, dass ich ihre Frage nicht hatte beantworten können. Ich flüsterte in ihr Ohr und hielt dabei ihren Kopf. Sie roch nicht mehr gut.

Der nahende Tod überdeckte ihren sonst so betörenden Duft, den ich sehr an ihr gemocht hatte und der mich so gut neben ihr hatte schlafen lassen. Vielleicht war es auch meine gebrochene Nase, die jetzt Gerüche nicht mehr richtig zuordnen konnte.

Es war alles sehr bedauerlich, ich wäre gerne dortgeblieben. Bei der Frau Liliana. Es hatte mir gefallen. Sie hätte mir nur einen kleinen Hinweis geben müssen, dann hätte ich ihre Frage mit Sicherheit beantworten können, und sie hätte mir nicht das Kabel auf den Bauch schlagen müssen.

Ich blieb noch lange bei ihr sitzen und beobachtete, wie der Kerzenwachs langsam in ihre Augenhöhlen lief und dort antrocknete.

Ihr Kopf lag ganz still. Die Kerzen brannten gleichmäßig ab und wurden immer kürzer. Ihre Finger bewegten sich noch, aber nur ganz wenig und kaum sichtbar. Als kein Leben mehr in ihr war, pustete ich die Kerzen aus und ging schlafen.

Ich legte mich auf die Couch, die in der Küche stand. Das Bett im Schlafzimmer war ziemlich versaut, und es hätte sich nicht gelohnt, es noch für eine Nacht neu zu beziehen. Ich wollte am nächsten Tag weiterwandern. Es war noch dunkel, als ich morgens von alleine wach wurde. Ich brauchte keinen Wecker, ich hatte eine innere Uhr. Wenn ich mir abends vor dem Schlafengehen gedanklich eine Weckzeit setzte, wurde ich morgens auch zu dieser Zeit wach. Plus oder minus einiger Minuten.

Ich schnappte mir eine Reisetasche, füllte sie mit Lebensmitteln und Kleidung und verließ den Ort, ohne mich noch einmal umzusehen.

Es waren schöne Wochen bei Frau Liliana gewesen, aber nun war es Zeit zu gehen.

Bis heute weiß ich nicht, was sie von mir hatte hören wollen.«

Juri saß da. Regungslos. Das Diktiergerät, das vor ihm auf dem Tisch stand, verstummte, und somit auch die Stimme Jasper Purwinds. Er starrte auf das kleine elektronische Gerät, auf dem all die grausamen Aufzeichnungen gespeichert waren und das den Geist dieses psychopatischen Serienmörders wieder zum Leben erweckt hatte. Es hatte in dem Paket zwischen den umfangreichen Dokumenten gesteckt und war beim Aufstellen angesprungen.

Es fühlt sich an, als sei er hier, ging es Juri durch den Kopf.

Dann dachte er an Doktor Raimond Saller. An seine Worte, den Brief. War er bereits tot? Den Zeilen des Psychologen nach, ja.

Sollte Juri dem Ganzen ein endgültiges Ende bereiten und all die Dinge, die das Paket beinhaltete, vernichten? Inklusive des Diktiergerätes?

Wie waren diese Tonaufnahmen überhaupt entstanden? Wahrscheinlich hatte Doktor Saller das

Gerät, bei den Vernehmungen Purwinds, heimlich mitlaufen lassen.

Bewegungslos und starr grübelte er darüber nach.

Allein in seinem Wohnzimmer in Kalifornien.

Allein?

Kapitel 12
Die Erinnerungen

Als Jaspers Stimme abgebrochen war, erfüllte plötzliche Stille den Raum. Eine Gedankenpause. Unvorhersehbar.

Nach einer Weile war Juri in der Lage, sich zu erheben. Es war ein Impuls, eine innere Stimme, die ihm sagte: *Jetzt! Jetzt kannst du deine lähmende Angst überwinden. Du bist kein Gefangener! Weder von ihm noch von deinen Ängsten.*

Er verließ das Wohnzimmer, ohne sich umzudrehen und ging hinauf ins Schlafzimmer, zog die Schublade seines Nachtschranks auf und fasste nach dem Revolver. Die Schusswaffe lag griffbereit in der kleinen Kommode neben seinem Bett. Geladen. Fünf Kugeln in der Trommel, eine im Lauf.

Ein schwerer Colt mit großem Kaliber. Der Verkäufer hatte Juri damals wissen lassen, dass eine einzige Kugel ausreichen würde, um ein Rind aussehen zu lassen wie ein aufgeplatztes Sofakissen.

Das war genau das Richtige gewesen.

Juri hatte sich eine Schachtel, mit dreißig passenden Patronen, dazugeben lassen und den Mann, hinter dem Tresen des Waffengeschäftes, bezahlt.

Daheim hatte er dann seine Frau Helena über den Kauf des Revolvers in Kenntnis gesetzt. Sie war dagegen gewesen, hatte nach dem Warum gefragt, aber eingewilligt, nachdem Juri sie hatte wissen lassen, dass er mit einer Waffe im Haus ein besseres

Gefühl hätte und vielleicht auch besser schlafen könnte. Helena hatte allerdings darauf bestanden, dass dieses Ding, wie sie sich ausdrückte, ungeladen bliebe, bis die Kinder erwachsen wären.

Es wären schon viel zu viele tödliche Unfälle, in den Haushalten der USA, durch Schusswaffen passiert. Sie wollte auf keinen Fall, dass etwas Ähnliches in ihren vier Wänden vorkäme. Wenn Juri also meinte, dass er ruhiger schlafen würde, wenn es eine Schusswaffe im Haus der Dabrowskis gäbe, dann nur unter der Bedingung, dass zu keinem Zeitpunkt Gefahr bestünde. Weder für sie, ihre Kinder oder sonst irgendjemanden.

Heather und Jason waren aber nun längst erwachsen, Heather hatte das elterliche Haus bereits verlassen und lebte mit ihrem Ehemann in Ohio. Folglich bewahrte Juri die Waffe schussbereit, in seinem Schrank, auf. Sie fühlte sich in seiner Hand schwer und kalt an. Er packte den Griff noch fester, denn seine Handflächen schwitzten. Langsam und leise ging er die Treppe hinunter, durch den gemauerten Rundbogen in das große Esszimmer, in dem der Mahagonitisch mit den zwölf Stühlen stand.

Er vermied es, Licht anzumachen. Er fühlte sich sicherer im Halbdunkel des einfallenden Lichts der Straßenbeleuchtung. Somit konnte man ihn nicht so schnell sehen, erkennen.

Behutsam ließ er seine rechte Hand über die Tischfläche gleiten. Er spürte, wie seine Finger zitterten, seine Fingerspitzen tänzelten leicht über die kalte

Holzplatte. Die Angst war noch da. Sie war immer da. Daran konnte auch die Waffe nichts ändern. Juri schwankte. Nur ganz kurz. Seine Knie wackelten ebenfalls. Er ließ sich auf einen der Stühle gleiten und legte den Colt vor sich auf den Tisch. Mit geschlossenen Augen saß er in der Dunkelheit und lauschte. Totenstille. Nichts. Kein einziges Geräusch war zu hören. Auch nicht aus dem Wohnzimmer nebenan.

Er dachte an seine Frau Helena, seinen Sohn Jason und an seine lebensfrohe Tochter Heather, die ständig lächelte und alle mit ihrer guten Laune ansteckten konnte. An die gemeinsamen Tage, an denen sie dort am Tisch gegessen oder ein Familienfest gefeiert hatten.

An all die Jahre. An seine Ängste.

Er sah seinen Vater Gordon vor sich. Wie er ihm, am anderen Ende des Tisches, gegenübergesessen hatte, als er vor einigen Jahren zu Besuch, in die USA, gekommen war. Das war kurz vor Gordons Tod gewesen, scheinbar hatte dieser geahnt, dass seine Zeit auf Erden bald ablaufen würde. Kurz nach seiner Rückkehr, nach Warschau, war er eines Abends ruhig eingeschlafen und verstorben. Gordon hatte ihn damals ganz unverblümt, in Anwesenheit von Freunden, gefragt, ob er noch Schwierigkeiten mit seinen Angstzuständen hätte.

Auf einen Schlag hatten alle aufgehört zu essen und ihn angeschaut. Stille. Ein kurzer Blick zu den Freunden, John und Mara, hatte ihn augenblicklich erkennen lassen, dass sie über die plötzliche Frage seines Vaters schockiert waren. Juris Dad war schon über achtzig Jahre alt gewesen und etwas senil. Ihm war nicht bewusst gewesen, dass eine solche Frage, während des Dinners, unangebracht war.

Auch seine Frau war peinlich berührt gewesen, aber natürlich hatte sie um die Ängste ihres Mannes gewusst. Auch von seinen Nächten, in denen er schreiend aufwachte. Schweißgebadet und immer aus dem gleichen Traum heraus. Stets handelten diese Albträume von Jasper Purwind. Er verfolgte ihn über die ganzen Jahre.

Helena begleitete ihn oft zu seinem Psychologen, der ihm zwar, mit Rat und Tat, zur Seite stand, ihm aber letztendlich nicht helfen konnte. Genauso wenig wie die unzähligen Medikamente, die er bekam. Juri hatte eines Abends zu seiner Frau gesagt, dass die Menge der bislang eingenommenen Medikamente ausreichend wäre, um Jasper darunter zu begraben. Helena und er hatten sich für den Bruchteil einer Sekunde angeschaut, waren dann in Lachen ausgebrochen und hatten gekichert, bis ihnen die Tränen kamen.

Es waren kurze Momente der Leichtigkeit und Unbeschwertheit. Seltene Momente, denn Juri war sonst rund um die Uhr, mit den Belangen seiner Firmen, beschäftigt.

Für ihn war Arbeit Therapie, denn wenn er arbeitete, verschwand die Angst in ihm. Dadurch fühlte er sich gut und frei.

Seine Frau akzeptierte diese Umstände. Sie liebte Juri und wünschte sich nichts mehr, als ihn gesund und glücklich zu sehen.

So nahm sie seine Abwesenheiten und die wenige gemeinsame Zeit in Kauf. Nachdem ihr Schwiegervater ihren Mann mit jener intimen Frage konfrontiert hatte, versuchte Helena, die Situation zu drehen und die peinliche Stille zu überspielen. Sie hatte schnell eine banale Frage, bezüglich des Truthahns, in den Raum geworfen, denn sie hatte sofort erkannt, dass Juri um Fassung rang. Sie kannte ihn ganz genau. Nach über zwanzig Ehejahren waren ihr alle seine Gefühlsregungen vertraut. Er hatte sich unbehaglich und ertappt gefühlt und kurz in Erwägung gezogen, sich vom Esstisch zu erheben, um den Raum zu verlassen.

Zum Glück hatte sich die Stimmung gelockert, nachdem der hervorragende Geschmack des Bratens, von allen, bestätigt worden war. Ein improvisierter Trinkspruch und eine Danksagung, vonseiten Helenas, an die Freunde und die Familie, hatten ein Übriges getan.

Helena war immer diejenige, die alle Situationen zu meistern wusste. Sie war Juris Fels in der Brandung, ihr unerschütterliches Gemüt war der Schlüssel für ihre intakte und harmonische Ehe.

Die anwesenden Gäste hatten ihre Gespräche wieder aufgenommen und entspannt weitergegessen. Auch Gordon hatte schließlich bemerkt, dass seine Frage, in offener Runde, wohl unangebracht war.

Er hatte seinen Sohn daraufhin wissen lassen, dass er stolz auf ihn wäre.

Juri huschte ein kurzes Grinsen über die Lippen, bei diesen Erinnerungen. Es war immer schön gewesen, wenn sie alle beisammen waren. Diese kurzen, seltenen Momente machten das Glück des Lebens aus, nicht die finanzielle Unabhängigkeit, die er sich hart erarbeitet hatte. Nicht das Haus oder die anderen Statussymbole. Auch nicht sein Unternehmen, welches zu den einflussreichsten, in der amerikanischen Computerbranche, zählte und mittlerweile über zweitausend Mitarbeiter beschäftigte. Es waren wirklich die kleinen Dinge, im Kreise der Familie, die das Leben schönmachten.

Juri legte beide Hände auf die Tischplatte und streckte seine Finger durch. Er zitterte noch immer, hatte die Augen, nach wie vor, geschlossen. Weitere Bilder und Gedanken zogen an ihm vorbei. Unsortiert. Wirr. Ein Kommen und Gehen im Sekundentakt. Angst. Ja, Angst war sein ständiger Begleiter. Über all die Jahre hinweg.

Juris Unternehmen stand kurz vor einer bahnbrechenden Entwicklung. Sie waren kurz davor, einen Mikrochip herzustellen, den man in das menschliche Gehirn implantieren konnte, um Daten direkt zu speichern. Er würde die Schnittstelle zwischen Mensch und Computer darstellen und ein neues Zeitalter, in der Geschichte des modernen Menschen, einläuten. Die technologische Neuerung sollte, nach Juris Ansicht, zu dem Zeitpunkt stattfinden, an dem Maschinen so intelligent wären wie Menschen und beide zu einer neuen Spezies verschmelzen könnten. Das gesamte Wissen der Menschheit, insbesondere aus Gentechnik, Nanotechnologie, Neurologie und Kybernetik, würde dazu führen, dass sich eine neue Über-Spezies entwickelte.

»Man braucht kein Buch mehr zu lesen«, mit diesem einfachen Satz erklärte Juri seine Vision, die er seit Jahren verfolgte. Man würde es, mit Hilfe von künstlichen Neurotransmittern und Elektroimpulsen, hochladen, und der Buchinhalt wäre, in wenigen Sekunden, im Gehirn des Menschen gespeichert. Es wäre nur eine Frage der Zeit, wann es dazu kommen würde. Die Verschmelzung von Biologie und Technologie.

Sein Antrieb waren die fest in seinem Kopf verankerte Angst und das Trauma, welches durch die schicksalhafte Begegnung mit Jasper Purwind ausgelöst worden war. Nur wenn er wie ein Besessener arbeitete und seine Visionen vorantrieb, blieben diese Dämonen in seinem Geiste ruhig. Während man noch mit den Möglichkeiten experimentierte, wie Mikrochips in das menschliche Gehirn verpflanzt werden könnten, hatte Juri lange erkannt, dass Emotionen schon seit Ewigkeiten, in jedermanns Bewusstsein, implantiert werden konnten.

Bei ihm selbst war es die Angst, eingepflanzt von einem psychopatischen Serienmörder. Denn mit dem damaligen Freitod und der Beerdigung von Purwind, war es mit der Furcht nicht vorbei gewesen. Ganz im Gegenteil. Sie hatte sich ab dem Zeitpunkt noch verstärkt.

Juris wesentliche Rolle, in dem Fall, war schon nach wenigen Tagen aufgeflogen. Vermutlich hatte einer der Polizeibeamten Informationen weitergegeben. Ein paar zusätzliche Recherchen und Jurek Dabrowski hatte als Schlüsselfigur festgestanden. Oder ein Journalist, der darauf aus gewesen war, sich einen Namen zu verschaffen, indem er Juri enttarnte. Wie dem auch sei, es war abzusehen gewesen. Sein Kater Ecktor im Haus des Mörders, die fehlende Kralle, mit der sich Purwind die Pulsadern aufgetrennt hatte, die kleine Kamera und der schriftliche Hinweis. War man mit dem Fall vertraut, musste man vermutlich nicht besonders schlau gewesen sein, um die Zusammenhänge zu erkennen.

Es war Schicksal gewesen. So wie Purwind es in dem Brief an Juri formuliert hatte.

Die ganze Sache war dann schnell an die breite Öffentlichkeit gelangt. Durch die politische Entwicklung in Europa – Öffnung der Grenzen im Zuge von Glasnost und Perestroika – hatten auch ausländische Medien Interesse an den Geschehnissen gezeigt.

Juri hatte sich von Tag zu Tag unwohler gefühlt und war sich vorgekommen wie in einem Gefängnis. Überall in der Gegend hatten Reporter gelauert und das Haus beobachtet, in dem er lebte. Nachts hatte er schlecht schlafen können, und die schlimmen Träume hatten begonnen. Er war kaum noch vor die

176

Tür gegangen, und als eines Tages sein Kater, von einem seiner Streifzüge, nicht mehr zurückkehrte, hatte sein Entschluss festgestanden.

Ecktor war der einzige Grund gewesen, der ihn am Fortgehen gehindert hatte. Nun war dieser Grund nicht mehr gegeben.

Katzen sterben nie zu Hause.

Mit Ecktor hatte alles begonnen, mit diesem liebenswerten Kater, der Juri so viel Freude bereitet hatte. Und so viel Kummer.

Er erinnerte sich daran, wie die Bildübertragung, die, durch den Kater, über die neue Kamera gesendet wurde, zusammengebrochen war. Der Bildschirm des Computers daheim war schwarz geworden und von Ecktor keine Spur zu sehen gewesen. Juri hatte tagelang auf ihn gewartet und war ihn suchen gegangen. Im Dunkeln. Im Winter. Bei Eis und Schnee.

Schlaflose Nächte in Sorge hatte das Tier ihm bereitet. Tage ohne Sinn und Antrieb.

Die letzten Bilder, aus dem Keller von Jasper Purwind, stiegen wieder in Juri auf. Ein fortwährender Albtraum.

Es wäre nie zu der Begegnung mit Jasper gekommen, hätte er den Kater nicht bei sich aufgenommen. Somit hätte er keine Albträume und Angstzustände bekommen. Aber dann wäre er auch nicht in die USA ausgewandert, und er hätte kein florierendes Unternehmen gegründet und keine so wundervolle Frau wie Helena kennengelernt und hätte vielleicht auch keine Kinder … Das Schicksal ist eine Hure.

Die Hure Babylon.

Aber es war alles so gekommen, daran war nichts mehr zu ändern.

Juri öffnete die Augen. Noch immer war es totenstill im Haus.

Helena war mit Jason, übers Wochenende, zu ihrer Tante nach Bakersfield gefahren. Er hatte dorthin nicht mitgekonnt und nicht mitgewollt. Es gab zu viel zu erledigen, zu viele offene Fragen. Im Büro. In seinem Kopf. Er war froh, dass sie nun beide nicht im Haus waren, sondern weit weg.

Er lauschte in die Nacht. Die Straßenlaternen ließen nur wenig Licht durch die Gardinen des Esszimmers dringen. Schatten tanzten an den Wänden, Wind in den Bäumen.

Er ist zurück.

Juri schüttelte sich und fasste einen endgültigen Entschluss.

Er tastete nach seiner Waffe …

Kapitel 13
Die Rückkehr Teil 7

»Sie sind ein guter Zuhörer, das muss man Ihnen lassen. Sitzen nur da und lauschen. Schön. Nur zuhören, denn Babylon fällt. Das weiß ich, und das wissen Sie, habe ich nicht Recht?

Ich spüre Ihr Unbehagen, ganz deutlich. Ich kann es riechen. Ich wittere Ihre Angst, ist es nicht so? Sie haben Angst! Ja, das haben Sie. Sie brauchen nicht zu antworten oder sich dafür zu rechtfertigen. Ich kenne das. Es ist lange her.

Damals war ich ein Kind. Voller Panik. Verkroch mich unter dem Bett, wenn ich nur einen Schatten huschen sah. Fünf Jahre alt war ich ungefähr. Aber ich erinnere mich noch sehr gut an diese Zeit. Wenn wir abends zu Bett gingen, taten wir das meist allein. Wenn Mutter anwesend war, im eigentlichen wie auch übertragenen Sinn, sagte sie nur, dass es für uns Zeit wäre, schlafen zu gehen. Es kümmerte sie nicht, ob wir daraufhin ins Bett gingen oder nicht. Meine Schwester und ich.

Mein kleiner Bruder lag ohnehin, meist den ganzen Tag über, in seinem Gitterbettchen, sodass er schon im Bett war, wenn wir selbst für die Nacht unter unsere Decken krochen.

Bei uns kam keine Mutter, die uns zurechtbettete und noch eine kurze Gute-Nacht-Geschichte erzählte oder etwas vorlas. Oder uns vor dem Einschlafen einen Kuss auf die Stirn gab und versicherte, dass es

keine Dämonen gäbe. Weder unter dem Bett noch im Keller. Nein. Wir waren auf uns allein gestellt.
Aber wissen Sie was? Es wäre ohnehin gelogen gewesen. Ich meine, die Behauptung über die Dämonen. Denn es gab sie ja nun mal. In unserem Zimmer und später auch in meinem Keller. Tief unten. Die Teufel, die mich fortan begleiteten und, hin und wieder, an der Tür rüttelten, um freigelassen zu werden.
Heute frage ich mich manchmal, ob meine Schwester damals ähnliches Grauen empfand. Ich weiß es nicht. Nach der Sache mit dem Teddy hatte sie mit Sicherheit Angst. Da war ich der Dämon für sie gewesen. Aber das war ja nur gerecht. Warum sollte nur ich solches Entsetzen ausstehen müssen?

Wenn wir schon bei dem Thema sind, dann kann ich Ihnen auch gleich erzählen, was wirklich aus ihr geworden ist. Aus meiner lieben Schwester. Dem armen, armen Mädchen.
Ich muss gestehen, dass ich Ihnen in unseren ersten Gesprächen, über ihren Verbleib, nicht ganz die Wahrheit gesagt habe.
Nachdem das wildgewordene Pferd sie angefallen hatte, brachte man sie ja gleich in ein Krankenhaus. Sie hatte heftigste Bissbunden und Knochenbrüche von den Hufen. Von den Prellungen und Blutergüssen ganz zu schweigen. Ich hatte mir meine Schwester angesehen, von oben bis unten, kein einziger Teil ihres Körpers wies eine normale Hautfarbe auf.

Nicht mal ihre Füße. Die waren aber eher dreckig gewesen. Ist das nicht lustig?

Haben Sie mal das Gebiss eines Pferdes gesehen? Ich schon. Als ich dem Tier meinen Finger in die Nüster gebohrt hatte, riss es das Maul auf und klappte die Oberlippe nach hinten. Die gewaltigen Zahnreihen waren vorgesprungen wie bei einem großen Weißen Hai. Nur mit dem Unterschied, dass ein Hai seine Augen verschließt, während er versucht, sein riesiges Gebiss in seine Beute zu schlagen. Das Pferd hingegen hatte seine schwarzen Augen weit aufgerissen. Ich hatte sie direkt vor mir. Diese Augen, in denen Panik zu sehen war. Nackte Angst. Es hatte gedacht, ich wäre klein und könnte ihm nichts anhaben. Weit gefehlt. Ich hatte dem Tier gezeigt, was ich wirklich war. Ein stärkeres Tier! Ohne Angst! Es war nach diesem Angriff auf meine Schwester beim Schlachter gelandet …

Gut. Wo war ich stehengeblieben? Ach ja, meine Schwester.

Es dauerte bestimmt eine Woche, vielleicht auch länger, bis meine Mutter sich aufraffen konnte, meine Schwester dort im Krankenhaus zu besuchen. Sie war völlig überfordert, wie immer in ihrem jämmerlichen Leben und mit dieser Situation besonders.

Ich vermutete, sie traute sich nicht ins Krankenhaus, weil sie es mit schlechten Erinnerungen in Verbindung brachte. Sie hatte dort auch schon das eine oder andere Mal gelegen, wenn sie es mit dem Saufen übertrieben hatte. Sie musste also einen Moment abpassen, in dem sie nicht zu sehr angetrunken war, um nicht negativ aufzufallen. Aber sie durfte auch nicht zu nüchtern sein, damit sie sich unter die Menschen und Ärzte traute.

Nur so kann ich mir heute erklären, dass sie meine Schwester, mehr als sieben Tage, nicht besucht hatte. Vielleicht war es ihr auch schlichtweg egal gewesen, wäre auch nicht verwunderlich. Es hatte sich auch niemand der Angestellten aus dem Krankenhaus gemeldet, soweit ich mich erinnere.

Eines Morgens verkündete sie mir, dass wir ins Krankenhaus gehen würden, um meine Schwester zu besuchen. Wir marschierten bis ans andere Ende der Stadt. Zu Fuß. Ich weiß noch ganz genau, wie sehr ich fror, weil ich viel zu dünn angezogen war.

Obwohl wir noch Sommer hatten, wurde es bereits merklich kühler. Der Herbst nahte und frühmorgens lag schon Raureif auf den Wiesen. Mutter fröstelte ebenfalls, denn sie hatte einen dünnen Sommerrock an und trug keine Strümpfe. Sie stakste unbeholfen, auf ihren hochhackigen Schuhen, durch die Straßen, und das wäre, in meinen Augen, bestimmt schon nüchtern nicht ganz einfach gewesen.

Als wir das Krankenhaus erreicht hatten, bekam ich von Mutter gesagt, dass ich schon mal gucken sollte, ob ich meine Schwester fände. Ansonsten müsste ich mich durchfragen.

Sie würde gleich nachkommen, weil sie erstmal nachschauen wollte, ob es eine Kantine oder Ähnliches gäbe. Sie bräuchte unbedingt etwas zum Aufwärmen.

Ich fand meine Schwester. Ich brauchte mich nicht durchzufragen. Gleich die erste Krankenschwester, die mich sah, hatte augenblicklich Mitleid bei meinem Anblick. Sie fragte, was mir passiert wäre und wo ich herkäme. Dabei legte sie behutsam ihren Arm um mich. Das war schön. Sie dachte, mir wäre etwas zugestoßen und ich wäre deswegen im Krankenhaus. Mein Gott, musste ich jämmerlich ausgesehen haben. Sie nahm mich mit in das Schwesternzimmer und gab mir einen heißen Tee zu trinken. Das tat richtig gut. Ich dachte an Mutter und fragte mich, ob sie auch schon etwas Warmes zu trinken gefunden hätte.

Ich beruhigte die Krankenschwester und erzählte ihr, dass ich gesund wäre und nur meine kleine Schwester besuchen wollte. Ich nannte den Namen, und sie wusste erstaunlicherweise gleich Bescheid. Ihre Augen wurden ganz groß und traurig, sie sagte immer wieder: ›Ach, das arme, arme Mädchen.‹

Vielleicht war diese mitleidige Aussage ein zusätzlicher Grund für mein späteres Handeln.

Ich trank ganz in Ruhe von meinem Tee und genoss das saubere, warme Zimmer. Die Krankenschwester kümmerte sich so rührend um mich, dass ich kurz davor war, sie zu fragen, ob ich nicht mit zu ihr nach Hause kommen könnte, nachdem ich bei meiner Schwester gewesen wäre. Also für immer, denn sie machte einen großen mütterlichen Eindruck auf mich. Als sie mein Gesicht in ihre warmen Hände nahm, schaute sie mich nett und lieb an und bekundete, was für ein süßer Bengel ich doch wäre. Schmutzig, aber süß. So etwas hatte noch nie jemand zu mir gesagt, weder dass ich süß noch dass ich schmutzig war. Sie gefiel mir sehr, ich überlegte, wie es wohl sein würde, wenn sie meine Mutter wäre. Das machte mich irgendwie traurig, darum ließ ich den Tee stehen und sagte ihr, dass ich nun zu meiner Schwester wollte.

Sie nahm meine Hand und ging mit mir einen langen Flur entlang bis zum Treppenhaus. Auf der Treppe, nach oben, begegneten wir einem wichtig aussehenden Arzt, er hatte weiße Kleidung an und trug merkwürdige Schuhe mit blauer Plastikfolie. Sie blieb stehen und setzte den Arzt darüber in Kenntnis, wer ich war. Auch er wusste gleich Bescheid. Das war eigenartig.

Am Ende der Treppe durchquerten wir einen weiteren Flur, und als wir vor dem Zimmer meiner Schwester standen, ließ die Krankenschwester meine Hand los und öffnete vorsichtig die Tür. Nur einen kleinen Spalt. Ich konnte meine Schwester auf dem Krankenbett liegen sehen. Sie schlief. Die Krankenschwester bat mich, leise zu sein und ließ mich dann in das Zimmer hinein. Sie kam nicht mit. Die Tür ging zu, und ich stand dort alleine.

Ich starrte meine schlafende Schwester an und bewegte mich nicht. Minutenlang. Es herrschte absolute Stille. Irgendwann schlich ich mich dichter an

184

sie heran und konnte hören, wie sie leise atmete. Sie hatte Schläuche in der Nase, die mit Pflaster festgemacht waren. Ihr linker Arm war eingegipst und lag auf der Bettdecke. Ihre Augen waren blau unterlaufen. Ich erkannte sie kaum.

Die Gardinen waren zugezogen, es herrschte angenehm gedämpftes Licht im Krankenzimmer.

Ich sah mich um und lauschte. Es war, nach wie vor, nur das leise Atmen meiner Schwester zu hören.

Ich drehte meinen Kopf ganz langsam zur Seite. Richtung Tür. Auch vom Korridor her war nichts zu vernehmen. Keine Schritte, keine Stimmen. Kein einziges Geräusch.

Ich trat an das Bett meiner Schwester, hob behutsam ihren eingegipsten Arm an und griff vorsichtig nach der Bettdecke. Ich zog sie im Zeitlupentempo zurück, während ich ihr Gesicht beobachtete, um eine eventuelle Regung zu bemerken. Nichts. Sie schlief tief und fest. Vermutlich stand sie auch unter der Einwirkung von Medikamenten.

Ich schlug die Decke noch weiter zurück. Nach und nach kamen die ganzen Bisswunden und Verfärbungen zum Vorschein. Sie war nur mit einem Unterhemd bekleidet. Als ich die Decke bis zu den Knien heruntergeschoben hatte, sah ich, dass auch ihr Bein in Gips lag. Auf ihrem Oberschenkel waren ganz deutlich die Zahnabdrücke des Pferdes zu erkennen. Ich nahm die Decke in beide Hände und zog sie wieder, nach oben, über ihren Körper, der aussah wie ein Regenbogen.

Sie lag nur da.

Mit geschlossenen Augen.

Aufgebahrt.

Plötzlich war dieser Impuls da. Eine innere Gewissheit, die mich überzeugte, das Richtige zu tun. Meine Dämonen trieben mich zum Handeln. Ich schaltete jegliche Bedenken, überrascht zu werden, aus und verspürte eine tiefe Sicherheit, dass es unentdeckt bleiben würde.

Also ergriff ich nochmal das obere Ende der Bettdecke, beugte mich leicht über meine Schwester und verabschiedete mich von ihr. Dann zog ich die Decke langsam über ihren Kopf und spannte sie mit meinen Händen, links und rechts in Höhe ihrer Ohren, straff über ihr Gesicht. Die Konturen ihres Kopfes und ihrer Nase waren zu erkennen. Ich ballte meine Hände zu Fäusten, indem ich sie in das Deckbett krallte, und nun begann sich ihr Körper zu bewegen. Sie reagierte mit leichten, ruckartigen Bewegungen ihres Kopfes, begleitet von einem dumpfen Schnaufen.

Ich hatte keine Mühe sie festzuhalten und mit der Decke zu fixieren. Es ging überraschend schnell. Nur etwa bis vierzig musste ich zählen, dann gab es sie nicht mehr.

Mutter war schon überfordert genug. Wie hätte sie es zu Hause schaffen sollen? Meine Schwester hätte wochenlang Pflege gebraucht und Fürsorge. Es gab weder das eine noch das andere bei uns daheim. Also war diese Entscheidung, für uns alle, am besten. Sie brauchte nun außerdem keine Angst mehr vor mir zu haben.

Das arme, arme Mädchen.

Ich löste meinen Griff und brachte die Bettdecke wieder in die ursprüngliche Position. Meine Schwester sah immer noch aus, als würde sie schlafen. Nur das Pflaster an der Nase hatte sich etwas gelöst, sodass ich die kleinen durchsichtigen Schläuche wieder in ihre Nasenlöcher schieben musste. Anschließend drückte ich, mit dem Zeigefinger, das Heftpflaster wieder fest, und alles war wie vorher.

Nur ihren eingegipsten linken Arm musste ich noch, unter der Decke, hervorholen und wieder in die richtige Lage bringen. Dazu ging ich auf die andere Seite des Bettes hinüber und konnte von dort, durch die Gardinen, die Sonne erkennen, die jetzt zwischen den Bäumen hervorkam. Ich würde also nicht frieren auf dem Heimweg. Das freute mich, und ich hatte ein Grinsen im Gesicht, während ich den Gipsarm zurechtrückte.

Dann setzte ich mich auf den hölzernen Hocker, der dort stand und fühlte, dass ich müde wurde. Ich schloss die Augen und ließ meine Stirn auf das Bett meiner Schwester sinken. Es roch nach Medizin. Steril. Nach Krankenhaus eben.

Vermutlich nickte ich ein, denn ich wusste nicht, wie lange ich in dieser Haltung dagesessen hatte, als plötzlich die Tür aufging und meine Mutter den Raum betrat. Ich hörte zuerst nur, wie die nette Krankenschwester ihr den Weg ins Zimmer wies.

Mutter tat übertrieben freundlich und bedankte sich.

Ich öffnete die Augen und sah zu den beiden hoch, die Schwester war schon im Begriff das Zimmer wieder zu verlassen, lächelte mir aber vorher noch zu, und ich lächelte zurück.

In dem Moment kam das Wort ›Mutter‹ über meine Lippen. Sie blickte mich an und erwiderte: ›Ja, ich bin hier.‹

Bereits bei diesem einen Satz konnte ich hören, dass Mutter lallte. Sie musste schon wieder, viel zu viel, getrunken haben. Vermutlich, als sie unten nach einer Kantine gesucht hatte. Sie war wohl fündig geworden.

Ich hielt mir reflexartig den gestreckten Zeigefinger vor den Mund, um Mutter zu suggerieren, dass meine Schwester schlafen würde. Gleichzeitig wollte ich sie von weiterem Gerede abhalten. Das hätte mich, in dieser Situation, unkontrolliert wütend gemacht, und das wollte ich vermeiden.

Mutter wirkte pikiert, fühlte sich bevormundet. Bevor sie doch etwas sagen konnte, zischte ich sie leise, aber energisch an: ›Sie schläft. Sei bitte ruhig!‹

Mutter starrte mich mit großen Augen an. Sie hatte nicht mit solch einer Reaktion, von mir, gerechnet und war verwirrt. Verunsichert drehte sie sich um, verließ den Raum und würdigte meine Schwester keines Blickes. Was ich am allerschlimmsten fand, als Mutter so davonging, war, dass sie die Tür hinter sich zuschlug. Instinktiv wandte ich mich meiner Schwester zu.

Ach, sie konnte dadurch ja gar nicht mehr wachwerden.

Ich blieb noch ein paar Minuten sitzen, bevor ich ihr Krankenzimmer ebenfalls verließ und hoffte, dass ich meiner Mutter draußen auf dem Flur nicht begegnen würde.

Meine Hoffnung wurde erfüllt, ich sah sie im Krankenhaus nicht mehr, aber leider auch die nette Krankenschwester nicht, gegen die ich Mutter so gerne eingetauscht hätte.

Etwas später am Tag kam dann die Nachricht vom unerwarteten Tod meiner Schwester.

Zwei Männer standen bei uns vor der Tür und versuchten, meiner Mutter, zu erklären, was passiert war und wie es dazu kommen konnte. Vermutlich eine Infektion oder ein Keim. In der damaligen Zeit, in den Krankenhäusern unseres Landes, nichts Ungewöhnliches.

Es war auch nicht verwunderlich, dass man keine Obduktion vornahm, für solche aufwendigen Untersuchungen fehlte fachkundiges Personal. Darüber hinaus bestand auch kein Verdacht auf eine mögliche Straftat.

Damit war die Sache erledigt, und drei Tage später konnten wir sie beerdigen. Das ist die ganze Geschichte meiner Schwester.

Was aus meinem Bruder geworden ist, weiß ich nicht. Zu uns zurück kam er jedenfalls nicht.

Vermutlich ist er ohnehin nicht wieder ganz gesund geworden, denn meine Schläge hatten bei ihm schwere Kopfverletzungen hinterlassen.

Damals, als die Dämonen von mir Besitz ergriffen, nachdem mich eines Nachts das Böse geholt hatte.«

Kapitel 14
Die Entscheidung

Asche zu Asche.
Staub zu Staub.
Aus Staub entstehen wir.
Zu Staub werden wir.

»Es ist dunkel hier. Ist es dunkel? Ich ... ich bin nicht sicher. Träume ich? Da hinten ist Licht. Wo ist Licht? Meine Seele. Ist das meine Seele? Was geschieht hier?

... Da ist Wasser, Wellen. Warmer Wind. Tausende Stimmen ... flüstern mir zu.

Es ist, als würde ich fliegen, schweben. Abermillionen von Sternen. Gedanken sind nicht mehr hier.

Ich kann dich nicht sehen, aber ich spüre, dass du hier bist. Was ist passiert? Ich habe keine Angst ... Sie ist weg. Es ist alles weg.

Die Straße. Im Nebel. Illusionen. Eine Katze. Ecktor? Meine alte Heimat. Ich bin zu Hause. Bin ich zu Hause?«

»Hallo, Jurek. Ich darf dich doch Jurek nennen, oder?«

»Ich ... ich kenne Sie. Sie waren schon einmal hier! Aber was ist *hier*? Wo sind wir, und warum sieht mich keiner? Es ist nicht wie sonst. Alles ist so ... so schön. Keine Angst ... nichts ... es ist etwas passiert.

So viele Fragen. Sie ... Sie sind nicht derjenige, der Sie zu sein vorgegeben haben. Sie sind nicht ... Sie

191

sind … ja, natürlich. Sie sind … warum fällt mir Ihr Name nicht ein.«

»Kennst du die Wahrheit? Das Universum? Kennst du die grenzenlose Liebe? Weißt du, was Zeit ist? Kennst du die Unendlichkeit?

Du bewegst dich am Rande. Zwischen Leben und Tod. Am Rande eines schwarzen Lochs. Am Ende des Universums. Dort verschmelzen Zeit und Raum zu einer Singularität. Da gibt es alles und Nichts. Milliarden von Jahren, multipliziert mit der Anzahl der Sterne.

Die Unendlichkeit ist nur ein Bruchteil einer Sekunde, und dieser Bruchteil ist die Unendlichkeit. Wir existieren eigentlich gar nicht und sind doch allgegenwärtig.

Du weißt, wer ich bin.

Was gibt es für dich? Weißt du es? Vielleicht. Vielleicht auch nicht. Wer weiß? Er weiß.«

Hoffnung

»Der Vater?«

»Dein Vater. Unser Vater.

Hier sind wir – dort bist du. Schattenreich und ewiges Licht. Fürchtest du dich?«

»Nein. Ich … fürchte mich nicht. Es ist dunkel. Warum ist es so dunkel. Ich müsste Angst haben. Aber ich habe keine. Wo bin ich?«

»Die entscheidende Frage lautet, wo du sein möchtest. Das Schicksal geht seinen eigenen Weg. Und ohne Vergebung bist du verloren, Jurek. Für alle Zeit. Glaub mir. Ich weiß, wovon ich rede.«

192

Glaube

»Wo gehst du hin. Warte. Warte doch … Ich träume doch nicht. Das hier ist doch real.

Lebe ich? Ich erinnere mich. Mein Kopf. Ich wollte diese Angst endlich loswerden. Diese Explosion in meinem Kopf.

Und die lange Reise. Wie lang? Was war das für eine Reise? So viele Erinnerungen, und doch ist es, als passiert es jetzt gerade, in diesem Moment.«

Liebe

»Jurek.«

»Ja?«

»Es war deine Entscheidung.«

»Ja, ich weiß. Ich wollte keine Ängste mehr. Jetzt ist es gut. Aber …«

»Zweifelst du?«

»Habe ich eine Wahl?«

»Du hast deine Wahl getroffen. Es gibt kein Zurück.«

»Du bist *DER?* …«

»Ja, Jurek. Ich bin *DER*.«

»Muss ich mich fürchten?«

»Nicht, wenn du um Vergebung bittest.«

»Ich konnte es nicht mehr ertragen. Diese Angst … Ich war schwach. Ich konnte nicht mehr. Ich wollte nicht mehr.

Zu viel von allem. Vergib mir, Herr.«

»Vergib du dir, Jurek, so werde auch ich dir vergeben.«

»Ja, ich weiß. Kann ich meine Familie … «

»Sie sind da, Jurek. An deiner Seite. Dein Sohn, deine Tochter und deine Frau. Sie halten deine Hand.«

»Mein Kater. Ist das … mein Kater? Ich kann ihn spüren. Er ist hier. Ich kann in seine Augen sehen … in seine Seele. Er … Ich sehe es!

Sie kennen deinen Plan. Ja, jetzt sehe ich es. Katzen sind die Lebewesen, die deinen Plan kennen. Ecktor! …«

»Es wird Zeit zu gehen, Jurek.«

»Ja, Vater. Ich weiß.«

»Fürchte dich nicht, denn ich bin die Auferstehung und das ewige Leben.«

»Das ist das Ende … es ist so schön.«

»Die Ewigkeit. Es ist die Ewigkeit!«